KEITAI
SHOUSETSU
BUNKO
野いちご SINCE 2009

ほんとのキミを、おしえてよ。

あよな

● STARTS
スターツ出版株式会社

カバーイラスト/榎木りか

私のクラスには、『王子様』と呼ばれる人間がいます。
完璧超人、通称『王子様』の五十嵐　柊。
完璧すぎる彼の弱点を、私は見つけたいんです!!

contents

Weak point 1
ノートを買いましょう	8
ノートは大切に使いましょう	19
協力してもらいましょう	30
ティータイムにしましょう	41
買い物に行きましょう	53

Weak point 2
ストーカーしてみましょう	74
かわいい子とお話しましょう	94
ファミレスへ行きましょう	105
ガツンと言ってやりましょう	123

Weak point 3

勉強会にしましょう	146
忘れ物を取りに行きましょう	164
一晩お世話になりましょう	177
キミはいつだって	191
リビングに行きましょう	196
プレゼントを選びましょう	207

Weak point 4

キミの話を聞きましょう	222
学校には行きましょう	239
時間を戻せるなら	255
話をしましょう	277
ノートは取っておきましょう	304

あとがき	312

Weak point 1

「五十嵐くん!」
いつでもキミの声が聞きたくて。

ノートを買いましょう

　私、中村有紗のクラス・2-C組には、定期試験では常にトップクラス。
　運動神経も抜群で、高身長のイケメンがいる。
　彼は、男女問わず人気も高く、先生からの人望も厚い。
　何をさせても完璧で、告白なんて日常茶飯事。
　あまりにも完璧すぎて恐ろしい人がいるんです。
　彼の名前は、五十嵐 柊。
　通称『王子様』。
　確かに、彼にピッタリだと思う。否定はしない。
　でも、人間は誰だって欠点があると思うんです。
　短所があってこそ、人間。
　これが私の持論なんです！
　いくら王子様だって人間ですよね？
　だったら弱点がない、なんてことあり得ない。
　だから決めたんです。
　私は、今日から五十嵐くんの弱点を探すって!!
　決めたら一直線。これが私のいいところ。
　というわけで、まずは相手の観察！
　これが基本ですよね。
　五十嵐くんをジーッと見ていると、
「あ、五十嵐。これをみんなに配っといてくれないか？」
　さっそく先生に頼られる。

観察を始めて10秒。
この速さで、しかも先生に頼られるとか何事?
ちなみに五十嵐くんはクラス委員ではない。
だから、もちろん断ることも可。
むしろ、ほとんどの人が嫌な顔をして断るだろう。
私なら、まず先生には近寄らない。
けれど五十嵐くんの場合は、
「これですね、わかりました。けど先生、ちょっと俺のこと使いすぎじゃないですか?」
「いやーすまんな。五十嵐がいつもいいところにいるもんだから、つい」
「なんすかそれ! あんまりパシられるとそのうち手伝うのやめますよ?」
「あー悪い悪い。じゃ、頼んだな」
　快く引き受ける上に、先生とでさえこのような冗談交じりの楽しそうな会話に変えてしまう!
　素晴らしい!　さすが天下の五十嵐くん!　拍手!!
　そりゃあ人望も厚いわけ……って、納得してどうする!!
　私は弱点を見つけるんだから!
　さあ、任務続行だっ!
「有紗ちゃん、やっほー!」
　続行しようとすると、そこに現れるキラキラ笑顔のかわいい小動物みたいな女の子。
　森山花那、別名は『大天使カナエル』。
　ふわふわの長い髪に透き通るような白い肌。ぱっちりと

した大きな黒い瞳。
　身長は私より10cmくらい低くて、守ってあげたくなるようなかわいさを持ち合わせる超絶美少女。
　そんなマイエンジェル、花那ちゃんの大きな瞳が私の顔を覗き込んでいる。
　その瞳は今日もキラキラ。
「やっほう花那ちゃん！　相変わらずかわいいねー！」
「もう、有紗ちゃん！　やめてってばー！」
　そう言ってあわあわしている様子は、間違いなくその辺の男子を虜にしていますね。
　本人は無自覚だけど、かわいすぎて罪だわ。
　この無自覚・花那ちゃんめー！
　あ、そうだ!!
「そういえば花那ちゃんって王子様と幼なじみだよね？」
「え？　柊くん？　うん！　幼なじみだよ？　中学校は別だけど幼稚園と小学校は同じ」
　「でも、なんで柊くん？」と不思議そうな花那ちゃんとは対照的に、
「よしきた！」
　ガッツポーズを決める私。
　それだけ昔からの知り合いなら、五十嵐くんの弱点を知っているはず。
「花那ちゃん！　五十嵐くんの弱点知らない!?」
　机に身を乗り出して花那ちゃんに聞く。
　いや？　こんなに早く答えが見つかるとはねー。ありが

たやーありがたやー。
　ますます花那ちゃんの存在が尊くなってしまう。
「へ？　弱点……？　弱点って柊くんの？」
「そう！　だって五十嵐くんって何をやっても完璧じゃん？　人間ならさ、何か１つくらい欠点があってもいいと思うんだよね。というわけで花那ちゃん！　何か知らない？」
　私がそうまくしたてると、花那ちゃんは困ったように眉毛を下げる。
「有紗ちゃん、ごめんね。なんかね、柊くんって昔から何をやっても完璧だったの。リレーのアンカーもやってたし小学校の時は生徒会長みたいなのもやってて、友達同士のケンカも解決して、合唱会では指揮者だったな……あ、幼稚園の時、砂場で遊んでる時もみんなは砂だらけなのに柊くんだけはすっごくキレイだった！」
　あの……五十嵐くん、完璧すぎやしませんか？
　そんな幼稚園児や小学生、聞いたことありませんけど！逆に心配だわ！
　砂場なんて砂にまみれてなんぼなのに、それじゃあ、少しも砂遊びを満喫してないじゃん。
「何それ……。幼稚園のころから、すでに五十嵐くんの原型できあがってるじゃん！」
「すごいよねー柊くん。本当に完璧なんだよね」
　あはは、と困ったように笑う花那ちゃん。
　いや、笑うところじゃないよ！
　昔から一緒にいすぎて、花那ちゃんの感覚がズレている

んじゃ……。
　もはや人間じゃない……ん？　人間じゃない？
　あっ!!
「わかったわかった！　花那ちゃん！　実は五十嵐くんは宇宙人なんだよ！」
　それなら完璧すぎるのも納得できる！
「へ!?　いやいや！　ちょっと待って一有紗ちゃん、それはさすがにないと思うけどな……」
　私の言葉に、"違うと思うけどなあ"という感じで首を傾げる花那ちゃん。
　だって完璧すぎて人間離れしているのは事実でしょ？
　それだったら、もう答えは宇宙人しかないじゃん。
「ふはっ！　中村さん、なんだそれ！」
　笑い声が聞こえて振り向くと、私たちのほうに颯爽とやってくるのは、今、ちまたで話題の……。
「五十嵐くん！」
「柊くん！」
　みんなの王子様が、私の目の前で楽しそうに笑っているではないですか！
「いやー笑ったわー。俺、宇宙人じゃないからな？　れっきとした人間だから」
　そう言う五十嵐くんは決して私の言葉をバカになんてしていなくて、ただただ楽しそう。
　だって笑い方がちっとも嫌味じゃないし、爽やかさがこんなに似合う人がいたとは……。

バカにしないのはうれしいんだけど……私はあなたの弱点が知りたいんです！
　だから、少しくらいなら私のことをバカにしてもいいんだよ？
　あなたは人間味にかけています。
　まるで、少女マンガに出てくるイケメンではないか。
　次元を超えて現実に来ちゃった感じ？
　何か弱点はないか、と五十嵐くんをジーッと観察する。
　こんな近くで観察できる機会は、なかなかないからね。
「中村さん？　俺の顔に何かついてる？」
　いや、それは素晴らしくきめ細かなお肌で。
「何もついてないので、お気になさらず」
「いや、俺が気になるんだけどな……まあ、いいか」
　五十嵐くんはボソボソと独り言を呟いて、今度は花那ちゃんのほうを向く。
「朝、晴に会った時、花那に伝えてくれって言われてさ。今日部活だから先に帰れって」
「晴くんが？　うん！　わかった、ありがとう柊くん」
　ん？　晴？　あー、晴仁くんか！
　晴仁くんは、市原晴仁くんっていう花那ちゃんの彼氏。
　隣のクラスで、サッカー部のエース。カッコよくて優しくて、花那ちゃんと美男美女カップルとして校内では有名。
　花那ちゃんがかわいすぎて、晴仁くんは絶賛甘やかし中なんだとか。
　まあ、その気持ちはわからなくもない。

「あんまり晴に甘えるなよ？　晴はお前に甘すぎるから」
「う、わかってるもん！」
　ブスーとした表情を五十嵐くんに向ける花那ちゃん。
　そんな2人のやりとりは、兄妹みたいで微笑ましい。
「じゃーな。あ、それと中村さん。その視線どうにかしていただきたいっす」
　花那ちゃんとの話が終わると、五十嵐くんは、私に例の爽やか笑顔を向ける。
　ダメだ、眩しすぎて直視できません。
　キラキラオーラが溢れているよ。
　こんなに爽やかな断り方が他にあるでしょうか？
　いや、きっとない。
「以後気をつけますね」
　キラキラスマイルに負けて深々と私が頭を下げると、
「ははっ、そーしてください」
　楽しそうに笑って去っていく。

　なんでそんなに楽しそうなの？
　はあー……弱点なんてないじゃないか！
　宇宙人でもないみたいだし。
　近くで観察しようが遠くで観察しようが、結局わからないものはわからない。
「あ、そういえば花那ちゃんって、晴仁くんとも幼なじみなの？」
　花那ちゃんと五十嵐くんが幼なじみとして仲いいのは

知ってたけど、さっきの会話からすると晴仁くんと五十嵐くんもかなり仲がいいように聞こえた。
「あれ？　言ってなかったかな？　晴くんと柊くんと私は同じ幼稚園なんだー！　それでね、私と晴くんが隣同士の家で、そこから歩いて30秒くらいのところに柊くんのお家があるの」
　なんと素晴らしき環境！
　花那ちゃんに晴仁くんに五十嵐くん。右を見ても左を見ても、どこを見ても目の保養じゃないか！
「いいなー！　私もそこに住みたい！」
　と言って、花那ちゃんにぎゅーっと抱きつくと、
「私も有紗ちゃんがいてくれたらうれしいなー！」
　なんて、とてつもなくかわいい言葉を返して抱きついてくれる花那ちゃん。
　見たか男子ども！
　こんなにかわいい花那ちゃんに抱きつかれているんだ！
　羨ましいだろ！　ハッハッハー!!
　キミたちはこんな幸せ一生味わえないんだっ！
　と、優越感に浸る。
　晴仁くんにも自慢しちゃおうかなーと考えて、ふと冷静になる。
　……うん。やっぱり、やめておこう。
　あの人、花那ちゃんが大好きすぎるから、もし私が男だったら軽く殺されている。
　こんなこと、恐ろしくて冗談でも言えない。

普段はいい人なんだけどね。
　——キーンコーンカーンコーン。
「あ、予鈴」
　昼休みの終わりを告げる合図はなんとも悲しい。
　私、昼休みが一番好き。
　もうそんな時間か。
「あ!!」
　さて授業の準備でもするかなーなんて思っていると、花那ちゃんには珍しく大声を出す。
「どうしたの？」
「次の時間現国だよね？　私、ノートなくなっちゃったの忘れてたー！　今から買いに行けば間に合うかなー」
　うーん、と首をひねって悩むのを見て、
「まだあと5分あるから間に合うよ！　行こっ！」
　花那ちゃんがお財布を持ったのを確認して、手を引いて走り出す。善は急げって言うし。
「廊下は走ったらダメだよー」
　すれ違う時に聞こえた五十嵐くんの声。
　え!?　ちょっと待ってよ！
　あの人、廊下を走ったことないの？
　このスリル感を味わったことがないなんて……。
　どれだけ優等生なの!?
　やっぱり宇宙人！
　残念ですが、そんな宇宙人の声は無視して走らせていただくけど!!

「ふうー、ついたついた♪」
「……はあ。有紗ちゃん走るの速いよー！」
　肩で一生懸命に息をしながら、ふうっと深呼吸をする花那ちゃんはかわいさＭａｘ。
「でも、間に合ったよー！」
「うーん、確かにそうだよね！　有紗ちゃん、ありがとう」
　そう言って私にニコッと微笑んで、どれにしよう？とノートを選び始める。
　私の心は幸せでいっぱい。
　花那ちゃんから『ありがとう』って言われた……！
　それも、とろけてしまいそうな甘い笑顔で！
　私、生きていてよかった!!
　と、昇天しそうな私に花那ちゃんが近づいてくる。
「有紗ちゃん、どのノートがいいかな？」
　うーん、そうだなあ。花那ちゃんならどんなノートでも似合うけど……。
「現国だっけ？」
「そうだよー」
　あー、現国ねー。うーん。
　って、現国か！
「現国ってノートいらなくない？」
　私、現国はいつも教科書に書き込む人だった。
　ぐっちゃぐちゃすぎて、あとから読むと何もわからないけど。
「そんなことないよっ！　大事なこととかまとめるのに

ノートは必要だよー」
　うーん、さすが花那ちゃんですな。
　私とはやることが違うなー！
　きちんと大事なことをまとめていたから、花那ちゃんは成績優秀なんだね！
　ってあれ？　ん？
　大事なことをまとめる？
「あ‼」
　それって‼
「わ、びっくりしたっ！　有紗ちゃん？」
「花那ちゃん、私もノート買う！」
　私もノートが必要だ！　大事なことを書かなきゃ！
「へ？　現国の？」
　きょとんとしている花那ちゃん。
「ふっふっふー！」
　私はキメ顔で笑い声を上げる。
　残念ながら現国のノートではない！
　大事なことを書き留めるノート。
　私、いいこと思いついちゃった！

ノートは大切に使いましょう

　現国の時間。
「……であるから」
　先生が何か言っているけど、もちろん聞く気などない。
　私は今、目の前にある、お花が散りばめられた淡い黄色のノートしか眼中にない。
　花那ちゃんセレクトのかわいらしいノートを見て、口角を上げる。
　右手には、【お名前ネームペン】と書かれた油性ペン。
　すぅーっと一気に息を吸い込み、
「ていやっ!!」
　目を見開いて、一気にノートの表紙に文字を書く。
【王子様の弱点ノート】
　うん！　なかなかいいんじゃない？
　両手でノートを掲げて、うれしくなる。
　私にしては上出来だ！
　こんなにキレイに書けたなんて、今日は素敵な日……だ。
　ん？
　ふいに、こちらへ向けられる強力な視線を察知。
「中村っ!!　また、お前か！　授業を聞けとは言わんからお前は少し黙っとれ!!」
　見上げるとそこにいるのは、さっきまで教壇に立って現国の授業をしていたはずの先生。

なぜ先生が、はるばるこんな後ろの席まで？
　もうそこそこお年なんですから、無駄な体力は使わないほうがいいと思いますよ。
　って言ったら、絶対にまた職員室の机掃除の刑に処されることぐらい私にだって、わかる。
　だから、
「あー！　先生ごめんなさいー。私、なんかついつい独り言が多いみたいでっ」
　ぺこーっと頭を下げて謝る、素直なかわいい系少女になってみせるんだっ！
　うるうるとした瞳で先生に訴えかけると、
「次に授業を妨げたら単位やらんからな」
「うえ!?」
　わ、なんか変な声が出た！
　しっかし、単位はまずい！　まずいぞ有紗!!
　かわい子ぶっている場合じゃない!!
「以後、気をつけるでござんす!!」
　あ、やばい。全力で謝ったら、焦りすぎて日本語変！
　案の定、私の言葉で笑いに包まれる教室。
「はあ……ヤル気があるのはいいんだが……」
　そして、「やれやれ」と言いながら教壇へと帰っていく先生。
　ふう。やっと終わったぜ！
　なんとか単位も大丈夫そうだし。
　私だって忙しいのにさー。

なんて不満に思いながらノートを見つめる。
これがあれば、私は最強！
五十嵐くんの弱点を見つけたら速攻で書ける。
まずは、五十嵐くんの授業中の態度ね。
もしかしたら新たな発見があるかもしれない。
そう考えて、私より２列ほど前の斜めの席に座っている五十嵐くんを観察する。
さあて、どんなふうに授業を受けているのか、抜き打ちテストさせていただくよ！
評価は５段階に設定。
授業態度――。
先生の話を頷いて聞いている。
ノートも、きちんととっているみたい。
これはなかなかいいんじゃない？
……５。

姿勢――。
これまた素晴らしく背筋ピーンだね。ランドセルのＣＭのオファー来るほど。
……５。
「じゃ、この問題を……五十嵐」
その時、五十嵐くんが指名され、黒板にすらすらと答えを描いていく。
字のキレイさ――。
チョークは書きづらいのに、キレイな字を書く人だね。
……５。

「正解！」
　という先生の声とともに、クラス内が「さすが五十嵐だな」などとザワザワし始める。
　校内トップクラスの成績の人だから当然なんだけど、もし私が当てられていたら答えられなかった。
　頭のよさ——。
　……5。
　って!!　こんなことノートに書いてどうする！
　私が五十嵐くんの成績つけたって仕方ないじゃん!!
　しかも全部5だし！　ムカつくな。
　せっかくノートの記念すべき1ページ目なのに、なんでこんなことに使っているの？
　ああーもったいないっ！
　悲しいけど、仕方がないから渋々ノートの次のページをめくる。
　と同時に、
　——キーンコーンカーンコーン。
　授業の終わりを告げる合図。
　ちょうどいい。ちゃんとしたことをノートに書こう！

　よしっ！と気合いを入れて、向かう先は五十嵐くんの席。
「中村さん、どうかした？」
　目尻を下げてニカッと白い歯を見せる、楽しそうな笑顔。
　確かに、こりゃあカッコいいわ。
　でも、私はキミのその"極上爽やか胸キュンスマイル"

を見に来たわけではないんですね。
　というわけで、さっそく質疑応答のほうに移らせていただきますね。
「五十嵐くん、ここであなたにクエスチョン！」
　一瞬きょとんとしたのち、すぐに笑顔に変わる。
「何かな？」
「五十嵐くんの苦手科目はなんでしょう？」
「え、俺に対する質問？　なんだそれー」
　ははっと笑う姿は、紛れもなくキラキラオーラを振りまいている。
「五十嵐くんなら、簡単に答えられるでしょ？」
「うーん、中村さんの意図がよくわからないけど……古典は苦手なほうかな」
　なんと……！
　天が私に味方している！
　五十嵐くんは古典が苦手。
　私は、古典がいちばん得意!!
　来た来た来た！　私の時代、来た！
　うふふふ、と1人ほくそ笑む。
「はーい、じゃあ古典が苦手な五十嵐くんに問題！　でーっでん♪　紫式部と清少納言は、それぞれ誰に仕えていたでしょう！」
　これは私が個人的に先生に質問したものだからね。
　古典が苦手と言う五十嵐くんには、おそらくわからないだろう！

「ピンポン♪」
　え、五十嵐くん今『ピンポン♪』って言った？
　何それ、かわいいんですけど！
　不覚にもキュンとしてしまったではないか！
　ノリよすぎですか！
「はい、五十嵐氏」
「清少納言が中宮定子、紫式部が中宮彰子に仕えたんじゃなかった？」
「はい残念！　ぶっぶ……って、ええぇ!?」
　合ってる、合ってるじゃないか!!
　嘘でしょ？　なんで答えられるのー！
　うわー、めっちゃ悔しいっ！
「中村さん？」
　悪気がないのはわかっているんだけど、この完璧王子、腹立つ!!
　ことごとく、私の期待を裏切ってくるよ！
「……正解、です」
「おっ、マジ？　よかったー！　昔、本で読んだ記憶が残っててさ、確か紫式部が詠んだ歌って『めぐりあひて』だったよな？」
　そう話す彼の笑顔は少しも嫌味ではなく爽やかなんだけど……もちろんすごいって思うし、尊敬ものだけど……。
　あー、ダメだー！　完璧すぎてゾワゾワする！　怖い！
「ふ、ふんっ！　今回のところは、これで勘弁してやってもよろしくてよ！」

そんな捨てゼリフを吐いて、私は五十嵐くんの席をあとにする。
　っていうか！　五十嵐くん、ほんとは古典苦手じゃないでしょ！
　紫式部の詠んだ歌なんていちいち覚えてないわっ！
　まったくさ、五十嵐くんの脳内ってどうなってるの？
　おそらく、はたから見たらふくれっ面であろう顔をしながら自分の席につく。
　早くもノートを開いて、2ページ目。
　苦手科目――。
　古典。
　ただし、私よりも知識豊富。
　自分でノートに書き込んだくせに、なんだかすごく紙を破りたくなる衝動に駆られる。
　あー悔しい！　悔しい！
　でも、こんなんじゃ私はめげない！
　私、試練があるほうが燃えるタイプなんだよね。
　さあ、切り替えて次に行こう！

　そして、放課後。
　私は再び五十嵐くんの席へと足を運ぶ。
「五十嵐くん！」
　帰る支度を終えた五十嵐くんに声をかける。
「中村さん、どうかした？」
　ニコニコとしていて迷惑さはまるで感じない。

そんな彼に、私もニコニコ微笑んで言う。
「何か一発芸して！」
「は？」
　さすがの五十嵐くんも、これには予想外のようで驚きを隠せない様子。
　こんな無茶ぶりほとんどの人が相手にしない。
『いきなりなんだよ、やるわけねーだろ』
　って言うのが、まぁ普通。
　それをわかっていて、私は五十嵐くんに無理難題を突きつける。
　別に、五十嵐くんがみんなと同じように一発芸をやってくれなくたっていい。
　断ったって、誰も彼を責めないと思う。
　だって私の要求のほうがおかしいから。
　だけど、それは、私が五十嵐くんのできないことを見つけたってことになる。
　つまり、無茶ぶりには応えられない。
　っていう、彼の弱点になるんだ。
　こうなってくるとただの意地悪みたくなってくるけど、それでも私は、五十嵐くんが『それはできない』って言うところがどうしても見てみたい!!
　だって、完璧王子の『できない』なんて誰も聞いたことないと思うから。
　私が人類初の、王子の『できない』を聞いた人物になりたい！

なんなら、王子の困った顔だけでもいいから見たい！
「うーん、そうだな」
　組んでいた腕をほどいて、見せるのは……。
「面白くないかもしれないけど、校長のモノマネは？」
　やっぱり、いつもの爽やか笑顔でした!!
　なんとなーく予想はしてましたけど？
　結局は無茶ぶりさせても、やってのけてしまうのね。
「じゃ、それで」
　まあでも、一応は気になるし。
　王子様のモノマネっていうのもそれはそれで面白い。
「えー、中村さんね、僕ね、キミにはね、きちんとね、話を聞いてね、ほしいんだよねぇ」
「ひゃ、はははは！　あはっ！　あはははは！」
　やばいっ！　顔、顔そっくり!!
　シワシワ具合とか目の細さとか言い方とか、ほんとに似ている！
　予想以上に面白いんですけどもっ!!
「もっかい！　もっかい！」
「えーだからね、中村さんね」
「あはっ、あははっ!!　っひゃ、はは」
　お腹をかかえて笑い転げる。
　どうしよう、笑いが止まらなくて腰が痛い！
　あー涙が出てきた。
　五十嵐くん多才すぎるよ！
「そんなに笑ってもらえるとは思わなかったよ、面白かっ

た？」
　五十嵐くんの言葉に首をコクコクさせて頷く。
「五十嵐くん、っはふ、面白い！　ありがとう！」
　そして、笑いをこらえながらお礼を言うと、
「それはよかった。じゃ、明日ね」
「うん！　また、明日ね」
　元気よく手を振って見送り。
　五十嵐くんは教室を出ようとすると、
「王子、また明日ー」
「うん、明日ね」
　たくさんの女の子たちに引き止められるたび、1人1人に「明日ね」と微笑みながら帰っていく。
　はあー、それにしても笑った笑った。
　笑いすぎて体の中の酸素が足りないわ。
　王子様にあんな特技があったなんて知らなかったよ。
　って、私、五十嵐くんの席に何しに行ったんだっけ？
　どういう経緯(けいい)で、五十嵐くんは校長先生の真似なんてしてくれたんだっけ？
　はて？　自分の記憶を遡(さかのぼ)る。
「あ!!」
　何、純粋に楽しんでるの、私！
　私は五十嵐くんの弱点を見つけに行ったんじゃんか！
　弱点どこいった？
　あーもう！　目的を忘れるとかなんなの？
　しっかりしてよ。

忘れっぽいとか言っている場合じゃないんだから。
　はあー……こんな自分が情けないと思いながらノートを開く。そして3ページ目にペンを走らす。

　一発芸——。
　無茶ぶりにも応えてくれる。
　校長先生のモノマネをしてくれた。
　表情、声、話し方。すべてにおいてクオリティが高く、面白い。
　笑すぎてお腹痛い。

　書き終えて、ふうっと一息つく。
　いやーまさかモノマネまで、できるなんてなあ。
　ほんとに何？　スペック高すぎ。
　なんでもできて、でも、それを鼻にかけるなんて決してしないから人も集まる。
　ほんと、弱点なんてないみたい。
　でも……弱点探しは、まだ始まったばかり。
　すぐに見つけちゃつまらない。
　久々のワクワク感が私を包み、自然と口角が上がる。
　まだまだ勝負はこれから。
　さあ、明日は何をしようか。
　待ってなさい、完璧王子様っ！
　私がキミの弱点……絶対、掴んでやるんだから!!

協力してもらいましょう

　次の日。
　さて、本日はどのように過ごそうか。
　考えるだけで気分が上がって、スキップしながら登校してしまう。
　何を隠そう、私はスキップが大の得意なのだ。
「有紗ちゃん、おはようっ！」
　後ろから聞こえるのは、女の子らしいかわいい声。
　この声は、
「花那ちゃん、おはよー！」
　朝から天使な花那ちゃんに、ぎゅーっと抱きつく。
「ふふ、有紗ちゃん。今日の放課後、空いてる？」
「もちろん！」
　私が暇じゃない日なんてない！
「よかったー！　今日クッキー焼こうと思って、食べてほしくて」
　クッキー？
　もしかしてそれは……！
「お店で売ったら１枚500円はかたい、カナエルの愛情たっぷりー超おいしい、あのクッキー!?」
　前に調理実習で作った時の花那ちゃんのクッキーは、奇跡の味！ってくらいおいしかった。
　あの味が、また楽しめるなんて……！

「かな、える? そんなすごいクッキーじゃないよ? あんまりおいしくないかも……」
　花那ちゃんはショボンとして下を向く。
　もう、なぜそんなに自信なさげなのー!
　あんなにおいしいクッキーを私は他に知らないよ!
　ここは私が花那ちゃんを元気づけないとっ!
「花那ちゃんー、自信持ってよ! あのクッキー食べたらみんなイチコロ……って、それじゃあ晴仁くんが怒るか」
　励ますつもりが、なぜか自己ツッコミになってしまった。
　こういう時、なぜか上手く言葉が出てこないんだよね。
　あー、もう! 私の役立たず!
　失敗した!と後悔する。
「有紗ちゃん、ありがとう。私、頑張るね!」
　けれど花那ちゃんは、いつものかわいい笑顔を見せてくれる。
　なんか……結果オーライってやつ?
　まあ、花那ちゃんが自信を持ってくれるなら、それ以上のことはないんだけど。
　前から思っていたけど、花那ちゃんって自分のことになるとかなり過小評価になるんだよね。
　人のいいところを見つけるの、すごく上手なのに。
　なんでだろう?
　こんなに優しくてかわいくていい子なのにな。
「うーん、なぜだ」
「有紗ちゃん?」

あ、声に出ていた?
「いやー、なんでもない!　あの、クッキーって無料ですよね?」
　花那ちゃんがお金を取るとは思えないけど、万が一のことがあると困るから念のため確認。
「へ?」
　花那ちゃんの大きい瞳が、ますます大きく見開かれる。
　『もちろん無料だよ!』という花那ちゃんの答えを期待していた私。
　まさかの有料制!?
「あの……それでしたら、おいくらでしょうか?」
　今、金欠だからな。１枚200円……いや、300円までならなんとかなる。
　私が聞くと、さっきまでなんとなくボーッとしていた花那ちゃんが慌てて口を開く。
「あああ、有紗ちゃん!?　なんでお金がかかることになってるのー!　もちろん、無料だよっ」
　両手を一生懸命動かして否定する花那ちゃん。
　なんだー、お金かからないのか!
「よ、よかった!!　私、金欠だから食べられなかったらどうしようかと思ったよー」
　あんなにおいしいクッキーを目の前に、食べられないなんて苦痛すぎるよ。
「お金なんて取るわけないよー。むしろ食べてくれるだけで、めちゃうれしいよ!」

花那ちゃんは私にニコニコと微笑む。
　ああ、今日も天使は健在です。神様ありがとう！

　教室につくと、まだ先生は来ておらずガヤガヤ騒がしい。
　五十嵐くんの席を見ると、今日はまだ来ていないみたい。
　時計を見ると、8時14分。
　8時15分点呼だから、今、来ても間に合わない。
　五十嵐くん、遅刻？
　私も割と遅刻ギリギリ勢だから今まで気づかなかったけど、もしかして五十嵐くん、遅刻ギリギリ勢なの？
　おっとこれは、弱点を探すまでもなかったね！
　完璧王子が、遅刻魔。
　これは大スクープ!!
　私、もしかしてすごい弱点を見つけちゃった？
　なんとなくワクワクしながら過ごす残り1分。
　ノートに書く準備ならバッチリOK！
「じゃ、点呼とるぞー」
　先生が教室に入ってきて、同時にチャイムの音。
　ここで、五十嵐くんタイムアーップ!!
　よしっ！　さっそくノートに書き込もう。
　残念だったな、五十嵐くん！
　と、いつものシャーペンを持って、
「あ、今日は五十嵐は風邪で休みだそうだ」
　慌てて手を止める。
　休み!?

遅刻でもなんでもなく、風邪で休み？
「「ええ!?」」
　ガタッと席を立つ。
　私の声が、他の女の子と重なって大きくなる。
　まわりを見渡せば席を立ったのは４、５人ほどだった。
「今日も、五十嵐は大人気だなー」
『大人気だなー』って先生！
　そんな……そんな……。
「先生、呑気なこと言わないでください！」
　おお、私の心の声！
　と、思ったら、その声の主は私の左斜め前に座っている真紀のものだった。
　真紀は私同様、五十嵐くんが休みと聞いて席を立ったうちの１人。
　クラスのみんなの視線が真紀に集まる。
「先生、今日１日王子抜きでどう過ごせというんですか！私は王子のあのキラキラオーラで生きているんです!!」
　そう熱弁する真紀はちょっと、いや……かなりの五十嵐くん好き。
　たぶん真紀の頭の中は、１に王子、２に王子で、３、４がスイーツ、５に王子。
　ってくらい五十嵐くんのことで頭がいっぱい。
　美人なのにモテないのは、たぶんそのせい。
『無駄美人』ってやつだね。
　私は真紀みたいに五十嵐くんに人生をささげているわけ

ではないけど、今日ばかりは真紀に共感。
「真紀、わかる！　今日も五十嵐くんのために学校へ来たのに、こんな裏切りってない！」
「有紗……！　わかってくれる？　もう私、心の病ってことで早退するわ」
　お互いガッチリと手をホールド。
「早退は認めんからな。諦めろ」
　先生の言葉に真紀と私は頷き合って、今度は肩を組む。
「「ワタシタチハ、マケナーイ」」
　そして声を揃えて片手を突き上げる。
「お前ら、いい加減にしろよ」
　先生の額に血管が浮かび上がる。
　あ、そろそろ引き時かな？
　というわけで大人しくしましょうか。
「「はーい」」
　私だけでなく真紀もその様子を察したようで、組んでいた肩をほどいて席に座る。
　何事も引き際が肝心。

「真紀って、五十嵐くんのこと本当に好きだよねー」
　座った直後、ホームルームを続ける先生にはお構いなしに私は小声で真紀に話しかける。
「そりゃあもう！」
　真顔で力強く答える真紀。しかも、即答。
「どこがそんなに好きなの？」

私がそう聞くと、真紀は腕を組んで首をひねる。
　これには即答しないんだね。
「んー、好きって言ってもあれだよ？　恋愛感情の好きじゃなくて、眺めてるのが好きっていうかー。どちらかと言えばアイドルに憧れてるって感じのほうだよね！」
　そ、そうなの!?　アイドルとか、そっちか！
　てっきり恋愛感情の好きだと思ってたのに。
　予想とは反した真紀の答えに、ついつい驚いてしまう。
「五十嵐くんの彼女になりたい！とかじゃないんだ？」
「うーん、だって私、彼女になったらその場で倒れるもん。挨拶したり、眺めたり、そんぐらいの距離がベスト！　結構そういう子、多いと思うよ」
　へー、そういうもんなんかね？
　意外な答えが返ってきたな。
　みんながみんな、五十嵐くんの彼女になりたいわけじゃないんだね。
「っていうか有紗、王子のこと好きだったっけ？」
　あ、今度は私が質問される番ですか……。
「あーなんかさ、好きっていうか五十嵐くんの弱点ないかなーみたいな！」
「は、弱点？」
　まあ、そういう反応されますよね。
　というわけで、なんで五十嵐くんの弱点を探すことになったのか、真紀にこれまでの経緯を説明。
　その結果、

「あーわかるわかる!」
　真紀さんは物わかりがよく、すぐに理解してくれる。
「王子って完璧すぎるんだよっ!　だから余計、彼女になりたいとは思わないんだよね」
　うんうん、と1人で頷く真紀。
　って、あれ?
　私は真紀のある言葉に違和感。
「え、でも五十嵐くんってしょっちゅう呼び出しされてるじゃん。あれって告白でしょ?」
　あの子たちみんな、五十嵐くんの彼女になりたいんじゃないの?
「あー、違う違う。あれってだいたいが『ファンです! これからもキラキラしていてください!』ってやつだから」
　続けて「これって割とファン内では有名な話だから」と教えてくれる。
　そうなのっ?　あれって、告白じゃなかったんだ!
　しかも有名な話だったんだ!
　私としたことが……。
「し、知らんかった」
「確かに一般的に見れば告白だと思われても仕方ないよ」
　まあ、ある意味では告白だしね。とつけ加える真紀。
　恐るべき真紀の情報網。
「まあ、キラキラしてるのが王子の長所で短所って感じ?」
　五十嵐くんも大変だ。キラキラしててって、お願いされてしまうんだもん。

「なるほどねー」
　いやー学ぶことが多いのなんのって。真紀のこと侮っちゃいかんわ。
　これは、なんとしても協力してもらわねば……！
　私は真紀の両手をガシッと握る。
「五十嵐くんのことならなんでも知ってる真紀様に、折り入って頼みごとがあるのですっ!!」
「なんだね？　有紗氏」
　足を組み、生えてもいないヒゲを撫でる仕草をする真紀。
「もし王子様の弱点らしきもの見つけたら、私に情報提供をしていただきたいのです」
　ははあーと真紀に頭を下げる。
　私の言葉に、真紀はドンっと胸を叩いてみせる。
「まかせな、有紗。王子のこと、高校に入学してから毎日見てんだから！　『王子様検定』準１級を持つこの私の名にかけて、必ず良質な情報を手に入れてみせるわ！」
　真紀、イケメン……!!
「心より感謝申し上げます、真紀様ー！」
　っていうか王子様検定？
　なんだその検定。どこの協会主催ですか？
　しかも〝準１級〟って微妙だな。
　どうせなら１級取れやー!!
　とは、図々しいからもちろん言わないけどね。
　とりあえず、
「頼みますぞ、真紀様」

ものすごく強力な助っ人ゲットしたことは間違いない。
　偉いぞ、自分！　私にはわかる。
　これからはきっと、さらにこのノートが活躍する。
　あ、そうだ。今日仕入れた情報を忘れないうちにノートにつけ加えなきゃ。

　五十嵐くんファンについて——。
　五十嵐くんは、しょっちゅう女の子に呼び出しをされているが、それは告白ではなくファンであることを名乗られることがほとんど。
　モテることには変わりがないが、恋愛的な意味ではない。
　そして、『王子様検定』というものが存在する。

　ふう。書けた書けた。
　五十嵐くんがいなくても、こんなに情報が集まったぜ！
　やっぱり私のノート最強。
「あ、それがさっき言ってたやつ？　ノート作るとか有紗さすがだわー！　ちょっと、見せてよ？」
　私のノートを覗き込んで楽しそうに笑う真紀。
　いつもそんな表情していたら、間違いなくモテるんだけどなー。
　もったいない……なんてことを思いながら、
「特別に見せて差し上げよう」
　と、上から目線の言葉。
　真紀は同志だからね！

ふっふっふ、と自慢気に真紀にノートを渡す。
　　パラっとノートをめくる真紀。
「ん？　５段階評価？　ぷはっ！　何それ！　あははっ!!　あんた何を書いてるの！　あっははは！」
　と、全力で笑い転げる真紀。
「ちょ、真紀！」
　　人が一生懸命作ったのに笑われんのも納得いかない……っていうのもあるけど、その前に!!
　　そろそろチョークが飛んでくるから！
　　真紀、いったん落ちつこ？
「あは！　王子なんだから全部５に決まってんじゃん！」
　　いや、まあ確かにそりゃそうかもしれないけどさ……真紀は私の心配を汲み取ってくれない。
　　ビームが出てきそうな先生の目が、確実にこっちをとらえている。
「中村、根本(ねもと)！　お前らいい加減にしろっ!!」
　　ぎゃー！　きた!!　また怒られた！
　　今回は私のせいではない！
　　けど、
「「ごめんなさーい!!」」
　　真紀と一緒に謝る。
　　謝りますから、お願いです！
　　チョークは飛ばさないでくださいー！

ティータイムにしましょう

　待ちに待った放課後。
　ちなみに今いる私の場所は、
「狭いけど、適当にくつろいでねー」
　かわいいかわいい花那ちゃんの部屋。
　狭い、なんて決してそんなことはない。むしろ天井は高いし面積は広い。
　花那ちゃんの部屋が狭かったら私の部屋は犬小屋だね。
　花那ちゃんの部屋をぐるっと見渡す。
　淡いピンクのレースカーテンに花柄の壁紙。
　ベッドは、いわゆる『お姫様ベッド』と呼ばれる天蓋つきの白いベッド。
　さらにそのベッドの上に乗っているのは、首に赤いリボンをつけた大きなテディベア。
　机からは清潔感が溢れ出ているし、飾り棚にはガラス細工とかオルゴールとかが飾られていたり。
　なんというかもう！
　どれを取っても、すべてが花那ちゃん!!
　なんてかわいいんだっ！
　かわいすぎて花那ちゃんに心臓撃ち抜かれたわー。
　憎いぜ、晴仁くん！
　いやー、こんなに女の子っぽい部屋は初めて見た。
　どうしたらこんな素敵な部屋ができあがるんだろう。

っていうか、このキレイな状態を保てることがすごい。
　私の場合、部屋を片づけても次の日にはまた散らかっているんだよね。不思議なことに。
　はあ……ここで暮らせば私の女子力が上がるかしら？
　そんなことより、この部屋に私がいると異物混入になってしまうのでは……。
「はひょー」
　何を言っていいかわからず、口を開けて感心してしまう。
「有紗ちゃん？　どうしたの、座って座ってー」
　花那ちゃんが、自分の隣にあるクッションをぽんぽんと叩いたので、隣に座る。
「いやー、かわいい。かわいいわー！　もうこの部屋、まんま花那ちゃん！」
　ふっかふかのクッションに座って、思っていたことを口にすると、
「えへへーありがとう！　かわいい小物を集めてたらこうなっちゃって」
　花那ちゃんは右手で髪を耳にかけながら、うれしそうに微笑む。
　その表情と仕草は、いつにも増してかわいくて……この部屋にいると、お姫様にしか見えない。
　感激しながら自分の目をキラキラさせていると、さっき見たテディベアがふと目に入る。
　それにしても大きい。
　人1人分くらいの大きさじゃないか。

「そういえば、あのテディベアはどうしたの？」
　気になって私が聞くと、
「あ、あれね！　えっとね、去年、晴くんが私の誕生日にくれたの……ふふっ。いきなりくれたからびっくりしっちゃったー」
　ちょっとだけ照れながら、うれしそうに答えてくれる花那ちゃん。
　って、あれ？
「え！　晴仁くんが!?」
　あの大きいテディベアを買ったの？
　1人で？　あの晴仁くんが？
　花那ちゃんのために？　しかもサプライズで？
　ぽわーんと頭の中でその場面を想像してみる。
　なんか、それって……。
「っぷ、ははは！」
　想像するとすごく面白い!!
　どうしても、笑いが込み上げてくる。
「もうー有紗ちゃん笑わないでよー！　私うれしかったんだからー！」
　そう言って、ぷくーっとほっぺを膨らませる。
「いやー、花那ちゃんごめんごめん！　なんか想像すると面白くてさー！　だってさ、あのサッカー大好きイケメンの晴仁くんがテディベアの売ってる、かっわいいお店に入って、あんな大きいテディベアを買ってるんだよ？　しかも、花那ちゃんにバレないようにこっそり家まで持って

くるなんて、目立ちまくりだよね。普段の晴仁くんからしたらそんなの想像できない。っていうか絶対にしない！ 晴仁くん、顔を真っ赤にしながら買って帰ったんだろうな。けーど！　そこを乗り越えることができたのは、やっぱり花那ちゃんへの強い愛。もう、カップル揃ってかわいいんだからー！」

　きゃーっと１人で盛り上がって、ひたすら語っていると、花那ちゃんの顔はどんどん赤さを増していく。

　そして、
「そ、そんなことない……よ！　あ、わ、私クッキー焼いてくるねっ」

　私の言葉に恥ずかしくなったのか、花那ちゃんはダッシュで部屋を出る。
「あ、うん！」

　慌てて返事をしたけど、ドアの閉まる音にかき消される。

　いつものおっとりした花那ちゃんからしたら、信じられないスピードだったなー。

　私、またからかいすぎた？

　気づくとやっちゃうんだよねー。

　わざとじゃないんだよ、わざとじゃ。

　でもね、毎度毎度あんなにわかりやすくラブラブっぷりを見せつけられると、からかいたくなるんですよねー！

　だってかわいいんだもん。

　カップル揃って反応がかわいいもんだから、からかいた

くなるに決まってるんですよー。
　ほんと、相思相愛って羨ましい！
　うん、私は悪くない！
　うんうん、と1人で納得していると、
「有紗ちゃーん！　暇だったら私の本棚から適当に読んでていいからねー！」
　花那ちゃんの声が聞こえてくる。
　あ、もう通常モードだね。よかったよかったー。
「了解したー！　ありがとう！」
　私も声を上げる。
　花那ちゃんのいない部屋に1人、床にゴローンとなる。
　うーん、確かに暇だね。
　何か読むって言ってもなー。私、本あんまり好きじゃないんだよなー。
　花那ちゃんの本棚を見渡せば、名前順に整頓されたたくさんの文庫本。
　それから、巻数ごとにきちんとまとまっている少女マンガがキレイに収められている。
　あ、ファッション雑誌も発見！
　いやー、すごい！
　私の部屋とは比べものにならない……っていうか私の部屋に本ないわ。
　と思いながら眺めていると、
「……あ！」
　ある物が目に入る。

体を起こして立ち上がり、右手を本棚へ。
　これにしよ。
　本棚から引き出すとずっしりとした重み。
　少しだけかぶっていたホコリを払うと、
【青井(あおい)小学校　152回生卒業アルバム】
と書かれた白い表紙が現れる。
　ふっふっふ！
　なんだか、いけないことをしているみたいにワクワクしてきちゃう！
　表紙をめくると、運動会だったり修学旅行だったり、普段の授業風景だったりの写真が載っている。
　どれもとっても楽しそう。
「わー！　みんなちっちゃくてかわいい!!」
　当たり前だけど、今の私より小さくて表情もあどけない。
　知らない子ばっかりだけどかわいいー！
　どのページをめくっても、キラキラ輝く眩しい笑顔。
「ふんふふふーん♪」
　そのかわいさに、ついつい歌を口ずさみながらアルバムをめくっていく。
　すると思い出の写真ページが終わって、【6の1クラスメート】と書かれたページ。
　1人1人の名前と顔写真が載っている。
　花那ちゃん、小6の時は1組だったって言ってたよね。
　五十嵐くんと晴仁くんも同じクラスだったって。
　えっと……どこだー？

愛しの花那ちゃんを必死に探す。
「いたっ!!」
　見つけた、見つけたー♪
　アルバムの右下に【25番　森山花那】、と書かれている。
　髪は今より少し短いけど、キレイなふわふわの髪と、ぱっちりとした目は変わっていないからすぐにわかった。
　変わったところって言ったら今より少し肌が黒いのと、ちょっとだけぽっちゃりしているところかな？
　それでもめっっっちゃかわいいけど!!
　このころから、かなりの天使だけどっ!!
　笑顔が眩しすぎて直視できないわっ！
　花那ちゃんかわいすぎるよー!!
　と、足をバタつかせる。
　かわいさに心臓がギュンギュンするのを感じながら、そのまま上に目線をスライドさせると……。
「これは……！」
　おなじみの２人がいる。
「五十嵐王子と晴仁くんだ！」
　五十嵐、と市原だから名前順が近いもんね。
　写真を見て、目を見開く。
　わわわ、なんだこれー！
　五十嵐くん、めっちゃカッコええ!!
　カッコいいっていうか、カッコかわいい？
　とにかく、これは絶対モテる！
　あ、いや、別に晴仁くんがカッコよくないとかそういう

意味じゃないんだけど……このページで目を引かれるのは圧倒的に五十嵐くんのほう。
　だって、晴仁くんは……うーん、サルだね、サル。
　肌はこんがり焼けてるし、ほっぺには絆創膏。笑っている口から覗く歯はかけているし。
　毎日、校庭を走り回っている様子が想像できる。
　これはかなりのヤンチャ少年だったね。
　今と似ているところと言ったら、目くらいかなー？って思うくらい今とは別人。
　立派に成長したもんだなー。
　うんうん、と１人でうなずく。
　あ、でもって五十嵐くんの少年時代。
　もうね、これは百発百中カッコいい!!って言われる。
　今の五十嵐くんをそのまんま小さくした感じ。全然変わらない。
　よくぞそのまま成長してくださいました!!って言いたくなるね。
　子役だっていけるくらいの顔の整い方。
　さらに浮かべる笑顔は今同様、爽やかで、美少年って言葉がぴったり！
　このころから完璧フェイス。
　素晴らしいね！
　私が言うのもなんだけど、これは満点！
　なんて、五十嵐くんの完璧さに感心しながらも次のページをめくっていく。

あ、次は卒業文集か。
6の1【小学生での私・僕の宝物】。
なるほどね、テーマは決まっているんだ。
ふーん、みんな何を書いたのかな？
そう思って、何気なく文集に目を通す。
小学生だから字はキレイではないし読みにくいよね。
私もこんなんだった……っていうかもっと汚かった。
汚すぎて、日記の宿題での先生のコメントが、
『中村さん、字は丁寧に』
これがお決まりだった。
友達は日記の内容に対するコメントだったのに、私に対しては字が読めないコメントだけで内容について書かれたことがない。
切ないなーなんて昔のことを思い出しながら、さーっと目を通していく……。
ん？　何これ……。
1つだけ、先生が書いたみたいにキレイな字。
整っていて読みやすくて……。
「五十嵐くんかーい！」
あーあ！　やっぱりねっ！
なんか途中からそうじゃないかとは思ったけど！　何この予想を裏切らない完璧さ。
何度も言いますけど、完璧にもほどがありますよ、五十嵐くん。
「あはははー！」

どうしよう！
なんか笑えてきちゃうんだけど。
これもすべて五十嵐くんが完璧すぎるせいだー！
気を取り直して、文章を読み始める。

僕の宝物
　６年１組４番、五十嵐柊。
　僕の宝物は、この６年間友達と過ごした何気ない日々。
　そして６年間という長い時間の中でのなんてことない会話、その１つ１つが今の僕を作り上げてくれました。
　うれしいことも辛いことも苦しいことも楽しいことも、すべてが僕にとっては大切な時間です。
　この小学生での時間は僕を成長させてくれました。
　その時間すべてが僕の宝物です。

　私が作文を読み終わったと同時に部屋のドアが開く。
「有紗ちゃんお待たせー！　思ったより時間かかっちゃった……って、有紗ちゃん!?」
　花那ちゃんが私を見てギョッとした顔をする。
　それもそのはず。
「うわあああん！　花那ちゃーん！　こんなの小学生じゃ書けないよー！　っていうか今の私でも書けないしっ！　うわあああん！　感動するー」
　私が五十嵐くんの作文に感動して泣いているから。
「へ？　小学生？　……あっ、柊くんの作文か！」

ハテナマークをたくさん頭に浮かべていた花那ちゃんだったけれど、アルバムを目にすると、それが一気に解決したようにぽんっと手を打つ。
「花那ちゃーん」
　軽めに抱きつくと、花那ちゃんからはこんがりバターの香りがする。

「泣いてるから何事かと思ったよー」
　花那ちゃんに頭をぽんぽんと撫でられたことで、だんだんと落ちつきを取り戻してきた。
　癒(いや)される〜！
「ごめんね。急に感情が高まっちゃってさー。もう収まってきた！」
　って言いながら体を離すと、「ふふっ、よかった！」と笑ってくれる花那ちゃん。
「まあ、確かにねー、私も初めて柊くんの作文を読んだ時はびっくりしたよー！　時間なんて思いつかないもんー。さすが柊くんって感じだよね！」
　いや、さすがっていうより、むしろ……。
「完璧すぎて恐ろしい！」
　と、ギャーギャー言っている私とは対象的に、
「うーん。なんかね、ずっと一緒にいたせいか柊くんの完璧さには慣れちゃってるのかも。もう、あんまり驚かないな。慣れって怖いねー。さあ、お茶にしよー！」
　って言っている花那ちゃんは、のほほんとしている。

なるほどね。
　完璧効果はどんどん薄れてくる……月日がたつと、五十嵐くんの完璧さは当たり前になるのか。
　うーん。それもそれで、怖いな！
　どっちにしても、五十嵐くんは本当に何者ですか。
「はい！　有紗ちゃん、紅茶いれたよー！」
「ありがとう、花那ちゃん！」
　あっ、そうだ。ティータイムの前に、
「先にノートに書き加えておいてもいいかな？」
　五十嵐くんの小学生時代なんて、なかなかお目にかかれないからね。
「もちろん！　紅茶まだ熱いし、ちょうどいいかも」
　花那ちゃんはニコッとしてくれる。
　その言葉に甘えて、ノートを取り出す。

　小学生の五十嵐くん――。
　今とほとんど変わらない容姿。
　カッコいい。子役もできそう。
　字は読みやすくてキレイ。
　小学生での宝物は『時間』。
　卒業文集の文章は、今の私よりもしっかりしている。

　そこまで書いて、私はノートを閉じたのだった。
　ほんと、どこを取っても完璧なんだなぁ。

買い物に行きましょう

「ふあー、花那ちゃんありがとうっ！　めっちゃおいしかったーお土産までっ！　絶対大切に食べるからね」

花那ちゃんが焼いてくれたクッキーは、やっぱりおいしくて私は口に運ぶ手が止まりませんでした。

その上かわいくラッピングしたお土産までくれて……！

太る、でも幸せ！

「私のほうこそありがとう！　帰り道わかる？」

確か、花那ちゃん家から大通りをずっと右にまっすぐ進んで20分でつくはず。

「あ、帰り道はわかるんだけど……帰りにスーパー寄って帰ろうと思ってるんだけど、近くにあるかな？」

母上がニンジンとジャガイモと玉ネギを買ってこいって言うもんだからさ。

夜ご飯はカレーか肉じゃがだろうな。

「スーパーかあー。あ、ドラッグストア兼スーパーみたいなところなら、この道まっすぐ進んで２つ目の角を右に曲がるとあるよーついていこっか？」

と花那ちゃんが指さしている道路は人通りが多い。

うん、これなら大丈夫でしょ。

「ありがと！　たぶん迷わないから大丈夫」

私、方向音痴じゃないしね。

「あ、そうだよねっ！　じゃあ、また明日ねー！」

両手で手を振りながら笑ってくれる花那ちゃん。
　ああーかわいい！　癒されるー！
　カナエル様、今日も天使様な笑顔をありがとうございました。
　おかげで、今日も素敵な1日を送ることができました。
　という意味を込めて、
「また明日ー！」
　って、私も手を振る。

　花那ちゃんの言ったとおりに道を進むと、5分ほどで大きな建物が見つかった。
　看板には【ドラッグスーパー】って書いてある。
　これか！
　ドラッグストアとスーパーが一緒になっているなんて便利だね。
　私の家の近くにもあればいいのに。
　なんて考えながら、自動ドアをくぐってカゴを持つ。
　まず目に入るのは、野菜コーナーより先にドラッグストアのコーナー。
　スポーツドリンクや風邪薬なども売られている。
　特に買う物もなく、なんとなく眺めてみる。
　あ、これって……ふと、あるものが目に入る。
　わー、懐かしいなあ。栄養ドリンクだー！
　あの独特な味が好きで、一時期ハマりすぎてお母さんに禁止令出されたんだよ。

うん、久々に買って帰ろう！
　今は飲んでも怒られないでしょ。
　栄養ドリンクのビンを手に取り、カゴの中に入れる。
　それから、野菜コーナーへ足を進める。
　あー、結構広いなあ。
　えーっと、ジャガイモは、どっこかなー？
　と得意のスキップをしながら、テンション高く野菜コーナーを見渡す。
　お、発見！
　野菜コーナーの真ん中ら辺にいるジャガイモくん。
　５個で150円か。
　まあまあかな、と思いながらもカゴへ。
　玉ネギも隣にいた。
　じゃあ、次はニンジンをーと思い目を横にスライドする。
　な、なんと!!
　私の目の前に広がる大量に山積みされたニンジンと、たくさんのビニール袋に思わず戦闘態勢をとる。
　これは……!!
「詰め放題ではないか!!」
　来た来た来た！　私の時代が来た！
　これは私の腕の見せどころだー！
　私の特技。
　何を隠そう詰め放題なのさ！
　よし、いったん落ちつこう。
　詰め放題ってだけでうれしくなってしまったけど、ぼっ

たくりの値段設定ならやらないほうがいい。
　えーっと、１袋200円か。
　この袋のサイズならニンジン20本は余裕。
　ってことは、１本10円か。
　これはやる価値あるよね？
　よしっ！　気合いを入れて腕まくり。
　じゃあ、行こうか。

　……そして数分後。
　合計28本。やっぱり20本は余裕でしたね。
　結構キッチリ収まっている。
　久々だから、おとろえているか不安だったけど、そんな心配は無用だったね。
　さすが私、素晴らしいわ。
　もしかしたら、私って節約術とかも知っているから、実はお嫁さん向きだったりして！
　高校卒業したら、花嫁修業でもしようか……。
　なんて勝手に１人でニンマリしていると
「おねーちゃん、それすごいわねー。どうやったのさ？」
　誰かに声をかけられる。
「あ、え？　って、ええ!?」
　誰だろう？と思って何気なく振り返ると、驚きの光景が。
　……私のまわりに10人くらいの人だかりができている。
　しかも、みなさんの視線は私に向いていて。
　な、なんで、こんなにたくさんの人がここに集まってい

るの!?
　も、もしかして私が詰め放題の場所を占領して邪魔だったとか!?
　中には怖そうなパンチパーマのおばさんもいるし!
　ごめんなさい!　今すぐどきますから!と、思ったけど無理だ!!
　人が多すぎてどくことができない!
　私が頭の中でそんなことを考えている間にも、ジリジリと私に向かって、みなさんが迫ってくる。
　その中の1人、さっきのパンチパーマのおばさんが手を動かすのが見えた。
　ぎゃー!　殺さないでー!
「みんなあんたの技術に感心してんのさ。手際よくこんな詰め込んでる人見んのあたしゃ初めてだよ」
　へ?　予想外の言葉に肩の力が抜ける。
　恐る恐る目を開けると、おばさまの手は私……にではなく、私が詰めたニンジンに向けられている。
　なんだ、興味あるのは私じゃなくて私の技術ね!
「あ、はい。まあ詰め放題は特技なんで!」
　褒められたことにうれしくなって、いつもより少し胸を張ってみる。
　私を褒めてくれるなんて、おばさまいい人じゃないか!
　人は見た目で判断してはいけませんなぁ。
　私としたことが、おばさまごめんなさいね。
　と、心の中で謝罪をすると、

「今の女子高生なんてみんなチャラチャラして夜遊びしてるのかと思ってたけど、こんな子もいるのねぇ。世の中、捨てたもんじゃないわぁ」
　今度は主婦の方に感心される。
　その言葉にまわりの方々も、うんうんと頷く。
　そんなに褒められたら照れるじゃないですか……！
　普段、褒められ慣れてないから！
「ねえ、うちにもそれ１組作ってくれないかね？」
　と、今度は60歳くらいのおばあちゃんの頼みごと。
　私の特技が役に立つならこれほどうれしいことはない。
「あ、いいで……」
　いいですよ、そう言おうとして、
「うちにも１組ください！」
「あら、じゃあうちもお願いしようかしら？」
「うちにも頼むよっ！」
　次々に飛んでくる言葉に遮(さえぎ)られる。
　ここにいるほとんどの人が、はい！　はい！っと手を挙げて私にアピールしてくる。
　え、ちょ！　収拾つかない！
　さっきよりもなぜか人が増えてるし!!
　こんなたくさんの人たち１人１人に作ってたら、帰るのが相当遅くなるじゃん！
　あまりに遅いと私が母様にしごかれるんだよ！
　ちょ、どうしよう？

「あれ、中村さん?」
　戸惑っていると、どこからか聞き覚えのある声がする。
　声のする方向を見れば、
「あ!　五十嵐くん!!」
　五十嵐くんが目の前に立っているではありませんか。
　私服っていうか、もはや部屋着だけど。それはそれで着こなしちゃうもんだからこの人って怖いんだよね。
　って、あれ?　なんで五十嵐くんがいるんだ?
　今日、学校を休んでいたよね?
　風邪、治ったのかな?　まさか王子様がサボり?
　とまあ、気になることはいっぱいあるけど、今は細かいことはいいや!
　ナイスタイミングで来てくれちゃったから、助けてもらっちゃおーっと!
　さすが王子様ー。
　登場のタイミングまでイケメンだわー!
　キュンとくる〜!
「あーっと、私、彼とスーパーで買い物デートの途中だったんです!　みなさんすみません!　けど、詰め放題は自分でやるのがいちばん楽しいですから是非やってみてください!　では、さらばっ!」
　あたかも思い出したふうを装ってそう言い、詰め放題の宣伝もしながら五十嵐くんの腕を掴む。
　みなさん私の言葉に呆気に取られているのか、ぽかんとしている。

その隙に、五十嵐くんの腕を引っ張ってグイグイ進んでいく。

　最初に頼んでくれたおばあちゃんに申し訳ない気分になりながらも、そのまま進んで洗剤コーナーで止まる。
　うん、もう十分離れたでしょ。
　そう思って五十嵐くんの腕を離して振り返る。
「ごめん！　五十嵐くん。おかげで助かった！　ありがとう！」
　いったんカゴを置き、顔の前で両手を合わせる。
　っていうか今、思うと、スーパーでの買い物デートってなんだ。
　自分で言っておいてなんだけど、そんなムードも色気もないデート聞いたことないわ。
　世の中のリアルが充実している方々にお伺いします。
　スーパーでデートってしたことありますでしょうか？
　と、問いかけてももちろん答えてくれる人はいない。
「いや、助かったみたいならよかったよ。急に飛びついてきたから驚いたけどな。なんであんな囲まれてたん？」
　あの場面だけ見るとなんかの修羅場かと思ったわ、って笑う五十嵐くん。
「あー、それはね。これが原因さ！」
　そう言ってカゴの中のニンジンを見せる。
　っていうか、あの場面の修羅場ってどんな修羅場だよ。
「なるほどなあ！　こんなに詰め込む人は初めて見る。す

ごいな。あの人たちはこの技術目当てってわけか」
　目を見開いて感心される。
　技術目当て……！　なんともいい響きではないか！
　私の技術が国際的に認定された気分ですわ。
　自然と頬が緩んでしまう。
　けれどそんな私のうれしそうな顔にはお構いなしに、
「そういえば中村さん。なんでこのスーパーで買い物？ここ地元じゃないよな？」
　五十嵐くんは不思議そうな表情。
　まあ、確かに私の家はこの辺じゃないもんね。
　私は学校の近くだから徒歩組だけど、花那ちゃんや五十嵐くんは学校から歩くと３、40分はかかるから電車組。
　方面で言ったら私と花那ちゃんは同じ方向だから、花那ちゃん家から私の家はそこそこ近い。
「さっきまで花那ちゃんの家に行ってたんだ。で、今はその帰りがけに買い物してたってわけ。花那ちゃんの部屋ってめっちゃかわいいよね」
「なるほどね。花那の家か。確かに花那の部屋はだいぶ乙女チックだよな。なんていうか、夢の国みたいな感じでさ。昔からあんな感じだったよ」
　五十嵐くんは、なんだかとても楽しそうに教えてくれる。
　っていうか夢の国って、まさにピッタリの表現だね。
　花那ちゃんの部屋にいると、異世界にいるみたいだったもん。
「昔からかあ。そっかそっかー！」

かわいい花那ちゃんだからこそ似合う部屋だよね！
　　うんうんと１人で納得してしまう。
　　そんな中、五十嵐くんが持っているカゴが食材でいっぱいになっていることに気がついた。
　　うわ、重そう……五十嵐くんは私と喋っている間、ずっとこれを持っていたのか。
　　ああ、申し訳ない……。
「あの、五十嵐くん。買い物もう終わり？」
　　ここでずっと立ち話しているわけにもいかないよね。
「ん？　あー、うん。もう終わりかな」
　　だったら、それはそうと言ってくれればいいのに！
「じゃあ、レジ行こ！」
　　そしたら重い荷物ずっと持ってなくてよかったのにさ。
　　相手のことを気づかいすぎて、自分が損してるじゃん！
　　って私なんかは思うけど、五十嵐くんの表情は、そんなことを考えているなんて思えないほど穏やかで。
　　きっと自己犠牲しちゃうタイプなんだろうな……。
　　ああ……いい人すぎるし、人ができすぎている。

　　それぞれレジで会計をして、荷物を詰め終わったのはほぼ同時。
　　なんとなく成り行きで一緒にスーパーを出る。
　　道路についたところで帰り道を尋ねると、五十嵐くんが指さしたのは私が帰る方面。
　　途中までは一緒に帰れるみたい。

車道脇に引かれている白い線の内側を、五十嵐くんと並んで歩く。
　ビニール袋を提げている王子様って、それはそれでレアだよね。
　だいぶ奇妙な光景だな。
　王子らしくない五十嵐くんを初めて見たかもしれない。
　いつも制服をきっちり着ているイメージしかないから。
「荷物持つよ」
　私がビニール袋を眺めていたせいか、五十嵐くんにそう声をかけられる。
　こんな私にまでそんなこと言ってくれるの？
　五十嵐くんってば紳士的すぎるよ！と、絶賛感激中。
　けれど、お互いの荷物に目を向ければ私はビニール袋１袋。五十嵐くんは大きい袋２袋。
　どう考えたって私の荷物のほうが少ない。
　さらにこの上に、私が五十嵐くんに荷物を持たせたら、私はどんな嫌な女だ。
　女王様じゃないんだから、そんなことはしませんよ。
　っていうか、私の荷物だけこんな軽いと申し訳ないような気分にさえなる。
　というわけで、キミの紳士的なお気持ちだけ快くいただいておこう！
　あ、あとでこれもノートに書かなきゃね。
「重くないから大丈夫！　むしろ私が五十嵐くんの荷物持とうか？」

私、体力には自信あるほうなんで！
「男にそれ聞いちゃいますか」
　って苦笑いする五十嵐くんに合わせて私も笑って、
「あはっ！　ごめんごめん！　五十嵐くんの腕って細いから折れちゃいそうだからさ」
　思ったことを率直に言う。
　しかも肌もキレイだし、女の子でも通用しそう。
　なんなら、私よりかわいいし。
「中村さん結構ひどいなあ。少なくとも中村さんよりは力あるからな。腕相撲でもしてみる？」
　いつもみたいに声に張りがない。
　あ、何気にショック受けているっぽい。
　私が、
「望むところだ！」
　って左手を突き上げると、五十嵐くんは「いや、冗談だよ」ってまた笑う。
　なんだ、冗談だったのか。本気でやったっていいのに。
「あ……」
「中村さん？　どうかした？」
　驚いてバッと五十嵐くんを見れば、表情はいたっていつもどおり。
　私が過剰反応すぎるの？
「あ、いやなんでもない……です」
　だけど今、ものすごーくさりげなく、私を車道側から内側に入れてくれた。

そんなことされたことないよ!?
　驚かずにはいられず、わー！と感激してしまう。
　なんなんですかその優しさテクニックは！
　そんな、それが当たり前みたいな表情でサラッとやっちゃうものなの？
　し、自然体すぎる……っ！
　一瞬キュンってしちゃったじゃないか。
　やっぱり、王子様って呼ばれるだけのことはあるよね。
　こういうことも、なんてことなく普通のこととしてこなしちゃうんだもん。
　きっとこういうことを普段からやっているからなんだろうな。
　うーむ、素晴らしすぎる。まったく罪な男だよ。
　潜在能力が備わりすぎでしょ。
　神様って、なんて不公平なの。
「そういえば、中村さん家はどこ？　送ってくよ」
　心の中で素晴らしい素晴らしいと、ひたすら五十嵐くんを褒め称えていると、隣からそんな言葉が聞こえる。
「ん？　あ、いやそのくらい大丈夫。ここから歩いて20分くらいなんで。私だってさすがに１人で帰れますからね？　それに、病人の方に送ってもらうほど私は気をつかえない女では……って、あ！　そうだよ！　五十嵐くん今日、学校を休んでたじゃん！　なんで今、外に出てるの!?　まさかサボり？　はっきりしていただきたいっ」
　怒涛(どとう)の勢いで五十嵐くんに詰め寄る。

なんか、さっきまで忘れていたけど急に思い出した！
　五十嵐くん、今日は休んでたじゃん！
　なぜそんなことも忘れるのだ。
　記憶力なさすぎるぞ、自分！　しっかりしてくれ。
　もしかしたら、初めて五十嵐くんの弱点が見られるかもしれないのに！
「あ、違うんだ。実はさ、妹が風邪を引いてて……それでいつもだったら妹を残して普通に学校へ行くんだけど、今日はあまりに熱が高くてさ。心配だったから看病してたんだ。うち、両親共働きで昼間はいないから。ってことで頼む！　内緒にしといてくれないかな？」
　サボりなんかではなく、妹さんの看病ですか。
　はあ……看病、ね。休む理由までイケメンですか。
　なんかもう私、無気力化するわ。
　五十嵐くんが超人すぎて、私は"生きていてすみません"レベルになってくる。
　細胞分裂でもしようか……。
　あーもう‼　なんでそんなに完璧なのだ！
　いくら弱点を探しているからって、そんな健気な理由で休まれたら、本当は風邪じゃなかったってバラすわけない。
　頼まれなくたって、
「言わないよ、誰にも！　っていうか、妹さん風邪引いてるなら早く帰って看病しなよっ！」
　完璧すぎる五十嵐くんに、なんとなく悔しくなって声を荒げる。

「ありがとう、中村さん。あ、でももう妹は元気になったから平気だよ。だから送っていくよ」

　ニコッと爽やか笑顔の五十嵐くん。

　送っていくよ、じゃなーい‼

　今は、そんな爽やかな笑顔を浮かべている場合じゃないでしょうが！

　そこまでカッコよくされたってキュンとしませんよ。

「あのねぇ、五十嵐くん。風邪引いてる時って心細いんだよ？　寂しいんだよっ！　誰かにそばにいてもらいたいの！　で、妹さんは何歳⁉」

「え、あ……中1、です」

　私の勢いに押されて、五十嵐くんは1歩後ずさる。

「だったら五十嵐くんが見てないと！　中1だったら、寂しいの我慢してるだけだよ。ご両親が働いてるならなおさら、普段からきっと寂しい思いしてるんだよっ！　風邪の時くらい思いっきり甘えさせてあげなよ！　というわけで、行こう‼」

　言いたいことだけ言いまくった私は、圧倒されている五十嵐くんから荷物をぶん取って腕に提げ、そのまま勢いよく走り出す。

「お、っわ……え、ちょ、中村さん⁉」

　五十嵐くんは驚いて立ち止まっている。

　走り始めた……のはいいけど、私……五十嵐くんの家、知らないし‼

　それに気づき、慌てて急停止。

「五十嵐くん！　家どこ!?」
　バッと振り返って矢継ぎ早に聞く。
「いや、中村さん！　待った待った！　荷物重いだろ？　持つからさ。それと、妹は本当にもう元気なんだよ。午前中はこれでもかってくらい甘えさせてやったし。これ以上甘やかすと普段からワガママ言う癖つくから」
　な、なんだあ。本当にもう元気なのね……私はまた１人で突っ走ってしまったのか。
　ああもう、なんて恥ずかしいヤツなんだ！
　これ私の悪い癖！
　ここは私の経験上、潔く謝るべし。
「た、大変申し訳ございませんでしたぁぁぁぁ!!　妹さんが元気だとは知らず私は１人で偉そうなことを……お許しください」
　はい、深々と謝罪ね。
「いや、妹のこと思ってくれてうれしかったよ。中村さん、ありがとう」
　五十嵐くんは気分を害するわけでもなく、私に笑顔を向けてくれる。
　なんだか、いつもより笑顔が柔らかい感じがするのは気のせいでしょうか。
　さらには突っ走ったにもかかわらず、私に『ありがとう』と感謝の言葉。
　私、五十嵐くんほどいい人、見たことないわ。
　もうこれは崇めるべきだわ。

しゅうきょう……でも作るか。
　あ、ちなみにこれは柊 教っていうのと五十嵐くんの宗教っていうのをかけていて……和歌で言う掛 詞ってやつですな。なかなかセンスいいんじゃない？
　って自画自賛。
「でも、中村さんの言うとおり、やっぱり少し心配だから早く帰ろうかな……」
　アゴに手を当てて考え込む五十嵐くんの言葉。
「うん！　うん！　そのほうがいいよ！　急に体調悪くなることってあるし！」
　私の意見が採用されてうれしい。
「でも……中村さんは平気？」
「あ、それは大丈夫！　外はまだ明るいし、いざとなれば防犯ブザー鳴らせばいいし。私の心配はご無用さ！」
　中学の卒業式でもらった記念品の防犯ブザーを見せながら、左手の親指を立てる。
「そっか……じゃあ悪いな」
　申し訳なさそうな五十嵐くん。
　気にしなくていいのに。
「お気になさるな。さあ、ということで帰ろう！」
　と、歩き始めると、
「あ、いや！　家、ここなんだ」
　慌てて五十嵐くんに止められる。
　目の前にある家の表札を見れば、【五十嵐】の文字。
「うええ!?　ここだったの？　早く言ってくれれば……

あ、私が帰るのを妨げてしまってたのか。ごめんなさいね。はい、あなた様のお荷物です。どうぞどうぞ、お家にお入りくだ……あ、そうだ!!」
　『入ってください』と言おうとして、私はあるものを思い出す。
　ガサゴソと自分のビニール袋をあさって、
「はい、あげる！」
　ニンジンを４本手渡す。
「え、いいの？　これ、中村さんのじゃ……」
「いくらなんでも28本は多すぎって、たぶんお母さんに言われるから、おすそ分け。　あーんど！　あの人だかりから助けてもらったお礼！」
　ニカッと笑って差し出す。というより押しつける。
　これくらい強引にしないと、五十嵐くんは受け取ってくれないだろうから。
　どうせ、また申し訳ないとか言って、もらってくれなくなっちゃうもん。
　だから、ここは多少強引にでも押しつけよう。
　五十嵐くんは一瞬戸惑いを見せたけど、
「じゃ、ありがたくもらっとくな」
　やっぱり最後はいつもの爽やか笑顔。
「うん、そうしてください！　じゃ、また明日ね！」
「また、明日」
　荷物を持ち直し、手を振って歩き出す。
　五十嵐くんも風邪がうつらないといいけどな、なんて思

いながら、3メートルくらい進んだところで、私は1つアイデアを思いついた。
　振り返って五十嵐くんを見ると、家のカギを開けている。
　よし、いける。
「五十嵐くーん！　落とすなよー！」
　運動神経抜群の五十嵐くんが、絶対に落とさないことを見越しての言葉。
　自分用に買った栄養ドリンクをポーンと投げる。
「あ!?　っと」
　五十嵐くんは突然のことに驚きながらも、危なげなくキャッチ。
「さっすがー！　ナイスキャーッチ！　いくら完璧超人だからって、体の細胞まで完璧なわけはないんだからね！　風邪がうつらない保証はないし！　ちゃんと、それ飲んで栄養つけるんだよー！」
　細胞まで完璧だったら、それは本当に宇宙人だね。
　もはや不死身じゃないか。
「え、でも」
「ちなみに返品不可なんで！　じゃーね！」
　何か言いたげな五十嵐くんに、私はくるっと背を向けてさっさと帰る。
　あのまま会話していても、どうせまた『中村さんに悪いよ』とか言われるだけだしね。
　と思いながら道路の端を進んでいく。
「中村さん！」

茜色の空の下で、通りを走る車のエンジン音に負けない力強い大きな声が私に届く。
「はい？」
　名前を呼ばれて、反射的に振り返る。
　夕日が眩しくて片目をつむる。
「ありがとな！」
　そう言った五十嵐くんの表情は残念なことに、夕日の影になって見えない。
　だけど、きっとまた爽やかな笑顔を浮かべていることは容易に想像できるから、
「どーいたしましてっ！」
　私も笑って右手を上げる。
　いつも遠慮しないで、今みたいに『ありがとう』って受け取ればいいのに。
　申し訳なさそうにじゃなく、うれしそうにすればいいのに。
　今度こそ、夕日に背を向けて歩き出す。
　家に帰る足取りは軽い。
　今日は書くことがいっぱいだ。

Weak point 2

「五十嵐くんさ、たまには人を頼りなよ」
キミの笑顔を見るたび、
知らない自分に気づかされるんだ。

ストーカーしてみましょう

「はあー……」

　自分の部屋でノート見ながら、ため息をつく。

　完璧超人王子様、五十嵐くんの弱点を探し続けて早１ヶ月が経過したが……。

　私はいまだに、これといった弱点は掴めていない。

　けれど、この１ヶ月で決して何もしていなかったのではなく、むしろ情報自体はたくさん集まった。

　例えば、ある日の体育の授業。

　爽やかな汗を流しながらのサッカーでは、サッカー部相手に１人でゴール３つ決める。

　はたまた、授業中に観察していた時。

　隣の子が教科書を忘れていたら、そのことを言われる前にそれに気づいて当たり前のように見せてあげる。

　さらにさらに、料理はさすがにできないのでは？と思ってみても、調理実習ではプロ顔負けの醬油ラーメン作ってしまう。

　というように、見れば見るほどどれだけ五十嵐くんが素晴らしい人か実感させられてしまう次第。

　こんなことを書いているうちに、ノートのページ数だけはたくさん埋まっていく。

　もはやこれは、弱点ノートというより、ただの五十嵐くん観察日記だよね。

なんて思いながら、パラパラとページをめくる。
　うーん……たいしたことは書いてないけど、今のところ弱点と言えば……。
　13ページに書いてあるこれくらい？
　糸を針の穴に通すのが遅い。
　……はい。激しくどうでもいい!!
　これを誰かに言ったところで、どうせ『だから何？』って言われるのがオチですよ！
　しかも別に通せないわけじゃないし、糸通しを使えばすぐ通せるみたいだし!!
　あ、これ、割とどうでもいいことだわって私もあとから思ったよ！
　けどさ、今まで何も弱点がない中でこれ見つけた時はものすごくうれしかったわけですよ！
　家庭科の時間に手こずっている五十嵐くん見て、舞い上がってしまったわけですよ。
　この時の私、喜びすぎて字がキャピキャピの丸字なんだよ。もう、ルンルンしちゃってるよ。
　わかります？　この喜び。
　まあ、でもそんなものは一過性の喜びであって、今となっては弱点かどうかも微妙。
　こんなの知ってどうすんだって感じ。
　はー、と大きめのため息をついて、ベッドにゴロンと仰向けになる。
　さーて、次は五十嵐くんに何しようかなー。

そろそろネタ切れ起こしそう。
　ベッドから落ちない程度に転がりながらうなっていると、
「うーん、どっすかなー」
　ふと、花那ちゃんが『めっちゃキュンとするから』って貸してくれた少女マンガが目に入る。
　1巻を手に取って、あらすじに目を通す。

　高校1年生の早希(さき)は、爽やか王子様と呼ばれる佐藤(さとう)くんに密(ひそ)かに片思い中。
　けれどある日、佐藤くんの裏の顔を知り、ショックを受ける早希。
　しかも、その日を境に佐藤くんの態度が一変!?
　みんなの前ではニコニコしているのに、早希の前ではワガママばかり。
　こんなの王子様じゃない！と思う早希だったが、だんだんと彼の本当の優しさに気づいて……？
　女子中高生の間で話題沸騰中！
　ドキドキ☆キュンキュン王道ラブ！

　……これだ!!
　ピコーンと私の頭の中で1つのアイデアが浮かんで、ベッドから飛び起きる。
　なんで私、今まで気づかなかったんだろう!!
　そうだよ！　裏の顔だよ！
　放課後、教室で悪口言うとかよくあるじゃん！

普段はすごくいい人が黒幕だったとかよくある話だよ！
　マンガの中の世界では！
　いやーすごい！
　花那ちゃんもしかして、私にそれを気づかせるためにこれを貸してくれたのかな!?
　絶対そうだ！
　私、中村有紗は、花那ちゃんの意図に気づきましたよ！
　ありがとう、花那ちゃん！
　でもって、五十嵐くんの裏の顔が見られるとしたら、きっと晴仁くんと喋っている時だよね。
　いちばん仲いいもん！
　よーし！　そうと決まれば明日１日、五十嵐くんをこっそりつければいい。
　つまりは、ストーカーすればいいってわけだ!!
　特に注意すべきは、放課後の教室トーク。
　やっぱりまずは形から！
　サングラスとかかけてスパイっぽくしないとねっ！
　やっふー！　久々にテンション上がっちゃう!!

　次の日。
　学校につくと、いつものように朝から超絶テンションの高い真紀に声をかけられる。
　けれど、今日は私も負けてない。
　やるべき使命に燃えているからね。
「聞いて驚け真紀氏。今日１日私、五十嵐くんのストーカー

してみようと思いましてな」
　声を潜めて、かつ高いテンションを保つのは難しい。
「お主……！　それはもしや、王子様のあんなことやこんなことを覗き見してしまう、そういう魂胆か！」
「そうでござりまする。皆が知らない王子様のあんなことやこんなことをこっそり見てしまうのだよ」
　お互いにニヤリと笑う。
　道ゆく人からしたらかなり怪しいヤツらだと思う。
　だって、さっきから人が寄りつかない。
「ほー！　なんとも羨ましきこと。お供させていただこう……と言いたいところだが。あいにく私はそんな勇気を持ち合わせていないのでね。キミに託すよ」
　がっしりと手を組んで頷き合う。
　真紀氏の遺志は私が継いだ！
　全力で取りかかることを、今ここに誓おう。
「おう！　任せたれ！」
　ドンッと胸を張って真紀と別れる。
　今度の向かう先は花那ちゃんの席。
「あ、有紗ちゃん。おはよう！」
　今日も相変わらず天使様で、と言うよりも先に花那ちゃんの手をぎゅっと握る。
「へ？」
「花那様、あなたのおかげで私は道が開けたのです。ありがたやーありがたやー」
　手をさすりながら、カナエル様を崇める。

「へ？ 私、何かしたかな？」
 花那ちゃんはまったく意味がわからない、というように首をきょとんと傾げている。
 まあ、なんの説明もなしにわかるほうが怖いよね。
 ごっほん、と咳払いを１つ。
「マンガですよ！ マンガ！ 『私が片思いしたのは裏アリ王子様でした！』って題名の！ 花那ちゃんの貸してくれたあのマンガのおかげで、五十嵐くんの弱点が見つけられるかもしれないんだ」
 Ｖサインを花那ちゃんに見せる。
「柊くんの、弱点？」
 大きな目をさらに真ん丸くして驚く花那ちゃんの耳元に手を当てて、ゴニョゴニョと話す。
「ね！ いい考えでしょ？」
 自信満々で花那ちゃんに同意を求める。
「うーん。有紗ちゃんがストーカーって大丈夫かな？」
 けれど、そんな私とは対照的に花那ちゃんは不安そう。
 ここは安心させないと！
「大丈夫！ 大丈夫！ 本人にはバレないように上手くやるからさっ」
「そういう問題じゃないと思うんだけどな……」
 というわけで、さっそく五十嵐くんを尾行してみよう!!
 五十嵐くんにつけていることがバレるといけないから、隠れながら慎重にね。
「さ！ 花那ちゃんも隠れて」

振り返って小声で花那ちゃんに話しかける。
　見つからないように尾行するのって、なんだかドキドキするな。
　ストーカーとかしちゃう輩(やから)は、こういう気分が好きなのかね？
　ギリギリを生きている感じ？
　なんて考えながら、五十嵐くんをコソコソとつける。
「あの、有紗ちゃん？　移動教室はみんな同じ場所に行くから隠れてつけなくてもいいと思うよ？」
「ハッ！　確かに！　花那ちゃん頭いいね！」
　私が五十嵐くんのあとをつけても、まったく怪しくないじゃないか！
　堂々としていよう、堂々と。
「だ、大丈夫かなあ？」
　という花那ちゃんの不安げな声は、興奮気味の今の私には届いていなかったのだった。

　お昼休み。
　私はお昼ご飯そっちのけで、五十嵐くんをストーカー中。
　これが、張り込みってやつか。
　ちなみに両手には、あんパンと牛乳ね。
　やっぱりこれが定番かな。
　目の前には食堂で楽しそうに友達と話す五十嵐くん。
　まあ、こんな人が多いところでは裏の顔なんて見せてはくれないよね。

と、その時。
あ！　晴仁くんと2人だけになった！
緊急事態発生！　緊急事態発生！
目標に動きあり！　追跡を開始せよ‼
私の頭の中で五十嵐くん警報が鳴り響く。
さあ！　今こそ、私の必殺技、忍者走りを使う時ね！
昔、お父に頼みに頼み込んで、家族旅行で伊賀(いが)まで忍者1日体験に行ったことがあるんだよね。
その時に忍者走りも手裏剣(しゅりけん)さばきも、みっちり教わったもんだから、完璧なのさ！
なんで忍者なのかっていうとね、私の初恋の人がハットンくんだったんだよね。忍者ハットンくん。
小学校の時、まわりの女の子がプリキュアになりきっている時に私はハットンくんになりきって遊んでたし。
だから友達がプリキュアーキラキラーラブラブービームとか出してきたら、私は折り紙の手裏剣を飛ばしながら、忍法・手裏剣の術とか言ってたね。
ハットンくんってば、イケメンすぎ……。
今、見ても……あ、いや。さすがにときめかないわ。
あの手裏剣さばきには惚(ほ)れるけどね。
とまあ、昔話はこれくらいにして、忍者走りを使えば足音を立てずに、より近くで五十嵐くんを尾行することができるのだ。
まさか、こんな形で役に立つとは。
「中村さん」

う、うわあ！
　ハットンくんにウットリしていたら、五十嵐くんが振り返ってきたよ!?
　尾行バレた？
　まさか、ずっと気づかれていたのかな？
「へえ、なんでございやしょうか」
　右手を頭に当ててペコペコする。
　いかん！　これじゃ江戸時代の商売人みたいじゃんか！
　私が心の中で自己ツッコミしていると、
「有紗ちゃん。ここ、男子トイレだけどまだついてくる？」
　ニヤニヤしながら聞いてくる晴仁くん。
　はい、それはもちろん！　私は五十嵐くんが行くところであればどこへでも！
　って、あれ？
「男子トイレ!?」
「中村さん、気づいてなかったのか」
　五十嵐くんの苦笑い。
　目の前の獲物を見すぎて、どこに行くのかもわからなかった！
「なんでもありません！　失礼いたしました！」
　ダッシュで帰ろう！
　さすがの私でも男子トイレに入る勇気はございません。
「あ、廊下は走っちゃダメだよー」
　と、背後で五十嵐くんの声。
　あーやられた！

しかも、廊下走っちゃダメって前にも言われたよね？
　私は、二度以上言わないと理解できないバカだと思われているのかなあ？
　確かに私も自分のことバカだとは思うけど、人に……特に五十嵐くんにバカだと思われているなら、それは結構悲しいな。
　よし、もう廊下は走らないようにしよう。
　私、いい子になる。
　あ、ついでに『廊下は走らない！』のポスターとか作れば、私が理解していることわかってくれるかな!?
　よしっ！　さっそく……って、違う違う！
　そんな小学校の標語ポスターみたいなものを作ってどうすんの。
　目的は、私が五十嵐くんにバカじゃないと思ってもらうことじゃなくて、彼の弱点を見つけることだから！
　そこ、忘れちゃダメよ。
　まったく、五十嵐くんの影響で、私どんどんいい子になりそうだわぁ。
　ん？　ああ！
　もしかして、これこそ五十嵐くんの罠(わな)？
　五十嵐くんの弱点を見つけようとした相手は、心が浄化される……みたいな!!
　知らないうちに罠にはまっていたとは……。
　もしかして、五十嵐くんの手にかかれば呪(のろ)いさえもかけられるのかな？

——キーンコーンカーンコーン。
　あ、昼休みが終わっちゃったよ。
　うーむ。
　腕を組んで頭をひねる。
　呪いねぇ。
　興味深いし、五十嵐くんならそれすらできちゃいそう。
　だけど、さすがにそれはないか。
　そうなったら噂(うわさ)の1つや2つはたっているだろうし。
　うん、呪いなわけない！
　まだ宇宙人説のほうが、ありえる！
　よーしっ！　切り替え切り替えっと！
　こうなったら、放課後に頑張るしかないよね。

　というわけでやってきました放課後。
　ただいまの時刻は17時15分。
　下校時刻まで残すところあと15分となった。
　そして、教室に残るのは五十嵐くんと晴仁くんの2人。
　つまり!!　私に巡ってきた、これ以上ない絶好チャンスってわけ！
　教室のドアに耳をつけ、2人の会話に耳を澄ませる。
「うわー性格悪いな、柊」
　さっそく聞こえてくるのは、そう言いながらケラケラと笑う晴仁くんの声。
　五十嵐くんが性格悪いだって？
　普段ならそんなのあり得ないよね。

やっぱり、何か悪口とか言っているのかな？
　ドキドキしながらそのまま聞き耳を立てる。
　久々に心拍数が上がっているよ。
　すると、続けざまに聞こえてくるのは五十嵐くんの声。
「俺だって疲れるんだよ。四六時中ニコニコできるわけないだろ？」
　いつもより声は低くて冷たい。
　さらに、温かみのない言葉。
「つーか誰だよ、俺のこと『王子様』とか言ってファンクラブとか作ったヤツ。マジ迷惑なんだけど」
　ど、どうしよう。なんか予想外……。
　いや、予想はしていたんだけど、なんかこう、実際に五十嵐くんの裏の顔があったなんて。
　どう反応していいかわからない。
　ただ、なんか胸にガツンとした衝撃が……。
　ニコニコしている裏では、そんなことを思っていたんだ。
　女の子に優しいのも、優等生な五十嵐くんも、爽やかなあの笑顔も全部、偽物だったのか。
　本当は迷惑に思っていたの……？
「そういや、今日ミカちゃんに告られてたじゃん。あんなかわいい子を断るとか本当もったいねーよなー」
　ミカちゃん？
　うちのクラスの子じゃないな。
　まあ、晴仁くんが『かわいい』って言うなら、かなりかわいい子なんだろう。

「いや、あーいうのは自分はかわいいのわかってて、告ってきてるんだよ。そんな女に興味なんてねーから」
「マジかよ。そこまで見抜くとは、さすが柊だわ。お前が甘い言葉の1つや2つ言ったら女なんてすぐ落ちるよな」
　嫌な笑い声が教室内でこだまする。
　みんな、五十嵐くんに今まで騙(だま)されていたんだ……なんだろ、これ。
　五十嵐くんってこんなに嫌な人だったの？
　どうして、かな……。
　こういう結果を期待していたはずなのに、今の私、落ち込んでいる。
　やっと探していた弱点を知れてうれしいはずなのに、なんかすごい悔しくってギリギリして、胸の中で渦(う)巻いてズクズクする。
　ズクズクって、なんかよくわからないけど。
　こんなの、みんなに言いふらせばいいことなのに……。
　性格が悪いサイテー野郎だって言ってやればいいのに。
　直接、五十嵐くんと晴仁くんに文句を言ってやりたいのに、なぜか私の足は教室のドアのところで固まったまま動かない。
　こんな思いをするために、弱点探しをしているわけじゃない。
「あの、中村さん」
　その場に呆然(ぼうぜん)と立ち尽くしていると、後ろから聞こえる私を呼ぶ声。

なぜかイラッとする。
　はあー。こんな時に話しかけないでよ。
　なんか気分は下がってるし、いろいろ立て込んで……って、ん？　あれ？
　この声……聞き覚えのある声に勢いよく振り返る。
　え、ちょ、え!?　え、なんで!?
「五十嵐くん!!」
　なんでそこに立ってるの!?
　無理！　状況理解に苦しむ！
　ハッ！　これは、まさか幻影とか？
　ショックすぎて私が生んだ現象!?
「五十嵐くん、本物!?」
　ガシッと両肩を掴むと確かに実体はある。
「あ、はは。本物、だよ」
　苦笑いを浮かべるのは、紛れもなくいつもどおりの五十嵐くんで。
　じゃあ、今の教室から聞こえているのはいったい何!?
　教室のドアを勢いよく開く。
「やっほー有紗ちゃん。びっくりしたー？」
　教室の中にいるのは楽しそうな晴仁くん１人だけ。
　教室の真ん中でヒラヒラと手を振っている。
　眉間にシワを寄せたまま、五十嵐くんと晴仁くんを交互に見る。
　それぞれと目をジーッと合わせる。
　教室から聞こえた五十嵐くんと晴仁くんの悪口トーク。

でも、実際に教室にいたのは晴仁くんだけ。
　何が、何がいったいどうなってるの？
「中村さん、ごめんな。晴がやりたいって聞かなくてさ」
　申し訳なさそうに眉を下げる五十嵐くんと、
「だって有紗ちゃんが面白いことやってんだもん。俺だって面白いことやりてーじゃん」
　唇を尖らせて不満そうにする晴仁くん。
　いや、話の意図がまったく掴めないんですけど。
「あのう、わかーりやすく、ていねーいに説明お頼み申します」
「あ、これね。録音なんだよ。あらかじめ用意しておいて、これエンドレスで流してただけ」
　【新規録音1】と表示されているスマホ画面。
　えっと、つまり。
　あらかじめ、晴仁くんと五十嵐くんの会話を録音しておいたものを流しただけで……今までの全部、嘘ってこと？
　いったい、
「なんのために？」
　わけがわからない私とは対照的に、ニコニコと楽しげに笑う晴仁くん。
「昼休みにさ、有紗ちゃんがなぜか男子トイレについてきたから、柊になんで有紗ちゃんついてくんの？って聞いたらわからないって苦笑いでさ。で、今度は花那に聞いたんだよ。有紗ちゃん何してんの？って。そしたらさ、柊のストーカーしてるって言うじゃん？」

「……」
　まぁそうだけど、まだ意味がわからない。
「で、なんでそうなったのか聞けば、花那がマンガ貸したら何を思ったかそうなったって。まあ、有紗ちゃんのことだからきっと何か思いついたんだろうけどね、って花那は言ってたけど。一応、花那にマンガの題名聞いたら、ちょうどそのマンガを隣の席の女子が持っていてさ、1巻だけ読ませてもらったんだよ」
「……」
　ということはつまり？
「で、マンガの内容からして、有紗ちゃんは柊の裏の顔が見たいんだろうなーって思って今の計画を思いついたわけ。ドッキリ要素は十分だったろ？　面白かった？」
　ニヤリと笑う晴仁くんはそれはそれは楽しそう。
　一方、私は晴仁くんが話している間、呆然として言葉を失っていた。
　だけど、
「あの、晴仁くん」
　おずおずと口を開く。
「なーに？　そんな怪訝そうな顔して」
　いろいろ気になるところはあるけど、とりあえずは、
「晴仁くん、あの少女マンガ読んだの？」
「は？」
「だって話を聞く限りそうでしょ？　少女マンガといい、花那ちゃんの誕プレといい、もしかして晴仁くん、趣味が

そういう感じ?」
　晴仁くんと目を合わせて沈黙すること約3秒。
「いやいやいや!　なんでそうなんだよ!　有紗ちゃん、今の話、聞いてた!?」
　すごい勢いでツッコミが飛んできた。
「もちろん、聞いてた聞いてたー」
「有紗ちゃん、着眼点が違うよ!　しかも棒読みだし!」
　私の肩をブンブンと揺らす。
　わー、晴仁くん必死ー。
　人が焦っていると自分は冷静になれるって本当だね。
　なんか晴仁くんの言葉で安心して、ふぬけちゃう。
「ふはっ!　さっすが、中村さん。注目する観点が違うわ、あはは!」
　あれま、こっちでは五十嵐くんがめっちゃ笑ってるよ。
　五十嵐くんがそこまで笑うなんて珍しいね。
　イケメンの屈託ない笑顔がこんなに眩しいとは。
　例えるなら、マンガでキラキラトーンが大量に貼られている感じ?
　もうね、見るものすべてを惹きつけて離さないよ。
　もし、真紀とか王子様ファンクラブの子が今ここにいたら失神して倒れてんじゃない?
　あ!　そうだ。
　王子様ファンクラブで思い出した。
「ね、ミカちゃんって誰?」
　さっきの会話で出てきた女の子の名前。

知らない子だったから気になっていたんだよね。
　もしかしてファンクラブの子なのかな？
「あー、あれね。あのセリフ全部、あのマンガの文章まんま読んだだけだから」
「ええっ！」
　そうだったの!?
　私、あのマンガ読んだの昨日なのに全然気づかなかったんだけど！
　どんだけ記憶力ないんだろう。
　いやまあ、佐藤くんが悪口を言うシーンはあったなーっていうのはなんとなく覚えているけどね。
　でも、おかげで納得。
　私がミカちゃんなんて知らないわけだ！
　この学校にいないんだもん。
「人名出すとリアル感増すよなー。面白かった？」
「いや、面白くはないでしょ！　冷や汗かいたわっ！」
　私が冷や汗かいたのなんて、中学生の時に携帯をトイレに落っことした時以来なんだからね！
「中村さん、本当ごめんな？」
　あう……五十嵐くんにそんな困り顔されちゃうと、許さない！とは強気になれない。
　元はといえば、私がストーカーなんてしているからいけないんだし。
「大丈夫デスわ、気にしておりませんので、オホホホ」
　なんだ、その喋り方。私はどこの金持ちだ。

……お2人さん、笑いこらえるならもっと上手くやりましょうよ。
「っふはー。ちなみに幼なじみで親友の俺から言わせると、柊ほど裏表ない人は見たことないね」
　一応は笑いに耐えきって息を吐き出してから、そう教えてくれる晴仁くん。
　なんだ……そっか！
　やっぱり悪口なんて言う人じゃなかったんだね！
　晴仁くんに言われて改めてそう実感すると、胸の中で絡まっていた糸がスルリとほどけた。
　心がぽんっと軽くなる。
　はぁ、心配して損した。
　よかった、よかった！
　あのマンガみたいに、五十嵐くんが裏アリ王子様じゃなくてよかったよ。
　もしさっきの会話が本物だったら、晴仁くんまで悪い人になってしまうところだった。
　そしたら花那ちゃんがものすごく悲しんじゃうからね。
　危ない危ない。よかったよかった。
　って、ん？　あれ？
　私、いつの間にか目的が変わってないか？
　五十嵐くんの裏アリに喜ぶんじゃなくて、裏ナシに喜んじゃってるよ。
　はて？　なんでだろ？　いつチェンジしちゃったのさ。
　うーむ。わからぬ。

——キーンコーンカーンコーン。
「あ、下校時刻」
　チャイムが鳴って、下校の音楽が流れ始める。
「じゃ、中村さんまた明日ね」
「じゃーな、有紗ちゃん！」
　今日も爽やかな笑顔を浮かべる五十嵐くんと楽しそうに教室を出る晴仁くんに、私も合わせて声をかける。
　やっぱり五十嵐くんには、爽やかな笑顔がいちばんだ。
　だって自然と私も笑顔になるもん。
「あ、うん。バイバイ2人ともー！」
　うん。わからぬなら仕方ない。
　また、振り出しに戻ろう。
　潔さは大事よね。
　うんうん、と1人で頷く。
　空のお弁当箱しか入っていない軽いリュックをしょって、スキップしながら教室を出る。
　はーあ、今日も結局収穫なしか。悔しいなあ。
　でもなんだろう……心がほっこりする。
　すうっと息を吸い込んで、
「五十嵐くん、首を洗って待ってなさーい!!」
　悔しい気持ちをぶつけるように、窓から見えるオレンジ色の空に向かって声を上げた。

かわいい子とお話しましょう

「あ、あの!」
　校門を出ようすると、唐突に誰かに声をかけられた。
「はい?」
　振り返ると、見たこともない女の子。
　ど、どちら様だ?
　めっっっちゃかわいいから絶対に悪い子ではないとは思うけど……。
　緊張しているのか、アワアワしてる。
　かわいいな。
　制服が違うからたぶんうちの学校じゃない。
　花那ちゃんよりもさらに小さいから、もしかして中学生かな?
　しかも、なんか誰かに似てんだよね。こんなかわいい子と似ているならすぐ思い出せそうなのに。
　あー、ダメだ。誰だろう?　芸能人とかかな。
　えっとー、とりあえず、
「私、だよね?」
　まわりを見渡しても誰もいないし、私に話しかけているんだから、たぶん私に用があるんだとは思うんだけど……なんせこんなかわいい子、私は知らないもんでね。
　私、一度出会ったかわいい子は絶対に忘れないから、たぶんこの子とは会ったことないんだと思う。

「あ、はい！　そうでふ！」
　あ、噛(か)んだ。
　ふふ、かわいい。
　照れるしぐさとか、私が真似できない何かを持っている。
　やっぱり緊張しているのかな？
　なんだか微笑ましく思いながら首を傾げ、女の子と目線を合わせる。
　やっぱり、なーんか誰かに似てる。
「今日はどうしたの？　誰かに用があったの？」
　私が聞くと、女の子は少し遠慮がちに質問してくる。
「あ、の。中村さん……ですよね？」
　下を向いていた視線を上げて私のことを少し見上げる。
　な、ななな！
　ちょっと待て、何その上目づかいテクニック!!
　そんなかわいい顔で覗き込まないで！
　ちょ、かわいすぎるぞ！
　心臓ズキューンって撃ち抜かれたじゃないか！
　私、生きてる？　生きてる！
　しかも!!　しかもだ。そんな子に名前を呼ばれたらドキドキしちゃうよ！
　って、あ、ダメだ！　はい、有紗。いったん落ちついて。
　こんな子の前で取り乱したら、怖がっちゃう。
　はい、吸ってー吐いてー。
　よし、落ちついた。これで質問に答えられるよ。
　ちょっとクールな、お姉さん系の声を出せそう。

「一応、私は中村だけど……世の中に中村さんっていっぱいいるよ？」
　ちなみに中村って名前は全国で８番目に多いんだよ。
　意外にこの苗字、人気なのね。
　って、
「え……」
　私が答えた途端、急に手をガシッと握ってきた。
　な、なんだ！？
「中村さん、お会いできてうれしいです！　放課後、ここで待ってたかいがありました！」
　その顔はキラキラと輝いていて、もう緊張はどこかに飛んでいったみたいだった。
　それにしてもなぜ、この子は私を探していたんだろうか。
　っていうかまず、どこかで会ったことあるのかな？
「あの、忘れていたら申し訳ないんですけど、どこかでお会いしたことありますか？」
　本気で申し訳なくなったから敬語。
「あ、いえ。直接お会いするのは初めてです！」
　ん？？　ますますわけがわからない。
　ついつい眉間にシワが寄ってしまう。
「あ、申し遅れました。私、五十嵐美羽って言います！」
　そんな私とは対照的に、ニコニコと自己紹介をしてくれる五十嵐美羽ちゃんという名の女の子。
　ん？　五十嵐……五十嵐？
「あ!!」

そうだ、五十嵐くんだ！
　この子、五十嵐くんに似ているんだ！
　雰囲気も、顔も。特に目元が！
「ってことは、五十嵐くんの妹さん？」
「はい！」
　謎が解けた！
　なるほど、妹さんね！　そりゃあ似ているわけだ。
　五十嵐くんといいこの子といい、本当美形兄妹だわ。羨ましい！
　やっぱり私、あの辺に住みたい!!
　それにしても、どうして妹さんが私のことを知っているんだ？
　しかも、わざわざ高校まで会いに来るって？

「えっとー、改めまして、五十嵐くんと同じクラスの中村有紗って言います。で、美羽……ちゃん？は、どうしたの？」
　立ち話もなんだから、近くのカフェに入って話をすることになった。
　私になんの用があるんだろうか。
「あの、こないだ私が風邪を引いた時にうちの前までいらしてましたよね？」
「あ、うん。たまたまスーパーで五十嵐くんに会ってね」
「そうだったんですね！」
「あ、そういえば、風邪はもう大丈夫なの？」
「あ、はい！　おかげさまでとってもよくなりました、あ

りがとうございます」
「こ、このケーキおいしいね!」
「はい、ふわふわでおいしいですよね!」
　……。
　あ、どうしよう。
　謎の沈黙だ。
　私、基本的に会話には困ったことないんだけどな。
　人見知りもしないし。
　ただ美羽ちゃんが、なんで私に会いに来たかわからないことにはどうしようもなくて、会話も広がらない。
「あ、あの!　中村さんっ」
「あ、はい」
　わ、びっくりした。
　突然大きな声を出してどうしたのさ。
　目の前には美羽ちゃんの真剣な顔。
　ゴクンと息をのむ。
「中村さんは、お兄ちゃん……五十嵐柊の彼女さんですか?」
「へ?」
　あ、やばい。アホみたいな声が出た。
　いや、なんか拍子抜けだわ……。
　そうか、私が五十嵐くんとか。ちょっとばかし笑えてくるね。
「ど、どうなんでしょうか?」
　まだ緊張した面持ちで見つめる美羽ちゃん。

そうだ、誤解を解かねば。
「ごめんごめん、美羽ちゃん。私、五十嵐くんの彼女でもなんでもないよ？　ただのクラスメート」
　確かに、私みたいなのがお兄ちゃんの彼女だったら嫌だよね。
　もっとかわいい子がいいよね。
　そりゃ学校まで乗り込みたくなるわ……。
「え……違うんです、か」
　ほら、美羽ちゃんもあからさまに安心して……って、あれ？　心なしか残念そうに見えるのは気のせい？
「そうなんですか……てっきり私は……」
　美羽ちゃんが口ごもる。
　うーん、勘違いさせるようなことしたかな？
「一緒に帰ってたから、そう思ったの？」
「いえ、お兄ちゃんがあの栄養……う、やっぱりダメです！　企業秘密です！」
　自分の口を押さえ、ふるふると首を振る。
　言いかけた内容は気になるけど、美羽ちゃんがかわいいから聞かなかったことにしちゃうぞー。
　かわいいは正義だっ！
「あ、そそ。私のことは有紗って呼んでくれると有紗ちゃん喜んじゃう」
「え、いいんですか？」
「もちろん！」
「お兄ちゃんが『中村さん』って呼んでいたので、私もそ

う呼んだほうがいいのかなって思ってたんですけど」
「そっか、そっか。でも、これからは有紗って呼んでねー」
　かわいい子には名前で呼んでほしいじゃないか。
「はい！」
　何、この子！
　笑顔が眩しすぎるんですけども！　しかも、光を放ってますけども！
　ふ〜キュンとくる！
　あ、そういえば美羽ちゃんって、五十嵐くんの妹なんだよね？
　だったら、これ以上の助っ人いないよね？
「ね！　美羽ちゃん。五十嵐くんの弱点って知ってる？」
「え、えっとー……弱点、ですか？」
　さすがに、実の妹まで弱点を知らなかったらびっくりしちゃうわ。
　そうなると、弱点がないことが弱点みたいになってくるよね。
「実は縄跳びの二重跳びができない！とか、マザコンです！とか、学校と家でのオンオフが激しくて、家では何もしないダメ男です！とか。そういう感じの、ないかな？」
「えっと……お兄ちゃんは、二重跳びできますね。特別マザコンではないと思いますし。家でも外でもほとんど変わらないです。う、うーむ……」
　必死に頭をひねる美羽ちゃん。
　そ、そんなに悩むくらいないの!?

本気で怖いんですけど。あの人、ほんとに何者？
　っていうか、生きてるの？　ちゃんと酸素吸ってる？
「あ、う……あ!!　お兄ちゃん、カリフラワー嫌いです！」
　思いついた！という顔をする美羽ちゃん。
　その表情は、めちゃかわだよ！
　おお……！　カリフラワー！
　……って、それはなんだろう。弱点なのか？
　いや、でもでも！　実の妹から得た貴重な情報なわけだし、今までの情報に比べたら全然有力じゃないか！
　さっそくノートに書き加えなきゃ。
「ちょっと待っててね」
　美羽ちゃんに断りを入れて、カバンの中からノートを取り出す。
　新しいページを開く。

　五十嵐くんには妹がいる。
　名前は五十嵐美羽。
　なんかもう、すべてがかわいい。存在がかわいい。
　抱きしめたくなる感じの子。
　その美羽ちゃんによると、五十嵐くんはカリフラワーが嫌いらしい。

　ざっとこんなもん？
　しっかし、実の妹に弱点を聞いて、嫌いな食べ物しかない五十嵐くんっていったいなんなんだよ。

まったく、末恐ろしいわっ!!
　そうだ！　明日にでも、五十嵐くんにカリフラワーの差し入れしよう。
　地味な嫌がらせだよね。
　これで、ちょっとでも困ればいいんだ。
「そのノートなんですか？」
　美羽ちゃんは不思議そうな顔で首を傾げる。
「見る？」
「王子様、の……弱点ノート？　あ！　もしかして王子様って、お兄ちゃんのことですか？」
「そうそう！　なんてったってあだ名が王子様だからね、五十嵐くんは」
「読んでもいいですか？」
「もちろん。たいしたこと書いてないけどね」
　1ページ目からゆっくりと読んでいく美羽ちゃん。
　読んでは時々クスッと笑う。
　実の妹に読まれてると思うと、なんだか照れるなぁ。
「有紗ちゃんは、お兄ちゃんのことちゃんと見てますね」
　読むのをいったん中断して私と顔を合わせた美羽ちゃんは、優しげな笑顔を浮かべている。
「へ？」
　こんな適当なことしか書いてないのに、よく見てるなんて言ってもらっていいのだろうか。
　お褒めの言葉をいただけるほど、私はすごくないですよ、美羽ちゃん。

「あの、有紗ちゃん」
　私が自問自答をしていると、今度は真剣な顔をする美羽ちゃん。
「ん？」
「お兄ちゃんのこと、お願いします」
　律儀にぺこりと頭を下げられてしまう。
　ええ!?
「ちょ、美羽ちゃん！　顔を上げて？」
　な、なんでそんなこと言うの？
　誤解させるようなことしてないよね？　よね？
「あのね、美羽ちゃん。さっきも言ったんだけど、私、五十嵐くんの彼女じゃないよ？」
「あ、それはわかってます！　大丈夫です。でも……それって"今は"の話ですよね？」
　『今は』のところに重点を置いて話す美羽ちゃん。
　うーん、将来そうなる予定もないんだけど……こんなかわいい子の夢はできるだけ壊したくないからな。
「私、有紗ちゃんはお兄ちゃんを救ってくれると思うので」
　しかも、なぜかとても確信を持ってるみたいだし。
　うう、辛いよ。やっぱり、こんなかわいい子に否定なんて私はできない!!
　私ができるのはやんわり断るくらいだよっ！
「救うって……私があの完璧超人の五十嵐くんにできることとかある？」
　それは、私が宇宙人にならないとできないことじゃない

かな？
　まずは対等にならないと。
「……お兄ちゃんは、有紗ちゃんが思ってるほど完璧人間じゃないんです」
　聞き逃しちゃうほど小さな声。だけど、今の言葉を聞き逃すことはできない。
　五十嵐くんが完璧人間……じゃない？
「それってどういう、こと？」
　聞き返してみても、美羽ちゃんはかわいらしくニコッと微笑むだけ。
　うん、これ以上は教えてくれないな。
　はあ、本当に中１？　まったく恐ろしいわ。
　間の取り方といい、会話の仕方といい……プロってる。
「私の勘、よく当たるんです」
　そう言って、無邪気に笑う美羽ちゃん。
　この、目尻が下がってシワが寄ってキレイな白い歯が覗く笑い方も。
　中１とは思えないような駆け引き上手なところも。
　うん。やっぱり美羽ちゃんは、あの完璧王子様・五十嵐くんの妹だ。

ファミレスへ行きましょう

　翌日。
　今日の天気は晴れ。お日様サンサン。
　窓際で空を眺めていると、小鳥さんが羽ばたいている。
　きっと、今日は素敵な日になるね。
　うふふふ。
「うわ、なんか有紗のまわりに花が飛んでる……似合わん」
　そんな素敵な気分を一瞬にして壊してくるのは、五十嵐くんファンクラブ会員番号037の無駄美人・真紀。
「なんなの、真紀。せっかく小鳥さんと心を通わせていたのに。素敵な気分が台無しじゃない」
「あんたが『小鳥さん』とか言うとゾッとするんだけど。身分わきまえてくれる？」
　そう言って身震いまでし始める真紀。
　まったく、失礼なヤツだな。
「真紀って、五十嵐くん以外の前では全然いい人じゃないよねっ、まったく」
「当たり前よ。ファンの心得その３。王子様の前ではいいお姫様であること」
　は？　ちょっと、待ってよ。
「ぶはっ！　あははっ!!」
　面白すぎて腹がよじれるわっ！
「笑うとは失礼ね」

「てゆーか！　ツッコミどころ多すぎてどっから突っ込んだらいいかわかんないんだけどっ」
　朝からこんなに笑わせてくれる五十嵐くんファンの掟、最高だわ。
「有紗に突っ込ませたら、止まらなそうだから聞かないでおくわ」
「え、そーお？　せっかくなら教えてあげても!?」
「有紗ちゃんっ」
　え、何!?
　突然ものすごい勢いで何かが抱きついてたんだけど……と思ってみると、
「え、っと」
　真紀も横で驚いた顔をしている。
　だって、
「花那、ちゃん？」
　いつもはかわいいかわいい花那ちゃんが涙を目にいっぱい溜めて、涙は今にもこぼれそうなんだもん。
「うぁ、有紗ちゃん。真紀ちゃ」
　ど、ど、どうしよう！
　花那ちゃん声が震えてるし、泣いちゃうよー！
　私は花那ちゃんの泣き顔なんて見たくない！　元気になってほしい！
　けど私、人を慰めたこととかないよ!?
「あ、私、向こう行こうか？」
　と、私が焦る横で真紀が気をきかせてくれる。

「真紀ちゃん、ごめん……ね」
「いや、それは全然いいんだけど。元気、出してね？」
　優しい笑顔を浮かべて、花那ちゃんの頭を撫でる真紀。
　なんだかんだいって真紀って優しいよね。っていうか私以外の人には優しくない？
「っ、ありがとう」
　大きな瞳を潤ませて、真紀に向かってペコペコする花那ちゃん。
「中庭でも行く？」
　真紀が去ったところで、花那ちゃんに声をかける。
　今日はこのあと朝読書だから、教室にはいてもいなくても大丈夫でしょ。
　この時間の中庭なら人はいないだろうし。
　私の言葉に花那ちゃんはこくんと頷いて、ついてくる。

「どうしたの？　何かあった？」
　中庭のベンチに座って聞く。
「あのね……」
　花那ちゃんはぎゅっとスカートを握りしめて、言いにくそうに下を向く。
「ゆっくりでいいよ」
　私がそう言うと、ふうーっと息を吐いて小さく「よし」と呟く。
「晴くんが、浮気……してた、の」
「にゃな？　う、浮気!?」

やっぱい、びっくりしすぎて意味不明な声が出たぞ。
　あの、花那ちゃん大好き人間の晴仁くんが浮気!?
　そんなことってある？　だって信じられないよっ！
「そ、それって……晴仁くんが花那ちゃん以外の女の子に心変わりしたってこと？」
　ダメだ、自分の言葉も信じられない。
「そんな、感じ」
　涙を我慢しているのか、下唇をぎゅっと噛みしめる。
　うーん、心変わりね……やっぱり、それはどう考えたってあり得ないでしょ！
　花那ちゃんが嘘をつくわけないけど……夢としか思えない。
「晴仁くんに限ってそれはないと思うんだけどなぁ。だって、あの人、花那ちゃんのこと大好きすぎて私に嫉妬してくるくらいだよ？」
　何度晴仁くんに、花那ちゃんとのデートを妨げられたかわからないし、花那ちゃんからもらったお菓子を自慢するだけで睨まれるんだよ!?
　けれど、私がそう言っても花那ちゃんの表情は晴れないままで。
「私もね、そう思ってたの。ちゃんと両想いだって自信あったし。で、もね……ぅ、っひく」
　ついに、泣き出してしまった花那ちゃんをそっと抱きしめる。
「花那ちゃん……大丈夫、だよ。ちゃんと聞くから？　ね、

話して？」
　こんなかわいい彼女を泣かすなんて、晴仁くんはなんてことをするんだ。
　これで本当に浮気してたら許さないからな。
　と、花那ちゃんを慰めながら１人で闘志を燃やす。
　花那ちゃんは泣くだけ泣いたのか、落ちつきを取り戻すと、晴仁くんのことを話してくれた。
　話をまとめるとこんな感じ。

　花那ちゃんの部屋と晴仁くんの部屋はベランダ越しに行き来できるらしいんだけど、昨日の放課後、晴仁くんの部屋には私たちの学校のものじゃない制服を着た女の子がいたらしい。
　花那ちゃんは、晴仁くんのバイト先の人だと思うって言ってた。
　２人で楽しそうに会話してる姿を見て悲しくなった花那ちゃんは、晴仁くんの部屋の窓が網戸になってることに気づいて、申し訳ないと思いながらもこっそりベランダに出て、２人の会話を盗み聞きしていたらしい。
　それで花那ちゃんが見たのが……。
『じゃあ、今週の日曜日。花那には内緒な』
　って、イタズラっ子みたいに笑った晴仁くんだった。
　自分に内緒でデートの約束なんてされた花那ちゃんはショックすぎて、しばらく動けなかったんだって。
「それからね、今日学校に来たら……私と晴くんが別れたっ

て噂になってて。狙(ねら)っちゃおうかなって言ってる子がいっぱいいて……あんなかわいい子に言い寄られたら晴くん、絶対心移りしちゃうもん」

　ぽろぽろと涙を流す花那ちゃん。
　晴仁くん、マジで何してくれちゃってるの?
　彼女に自信つけさせるどころか喪失させてるじゃん。
　もう、お空に輝くキラキラ星になったほうがいいんじゃないかしら?
「花那ちゃん、もっと自分に自信持って?　大丈夫、花那ちゃんはめっちゃかわいいから!　私が保証するしっ!　クラスの子にかわいい子ランキングで集計とったら余裕で神セブン入りだから、ね?」
　って私が言ったら、ふふってかわいらしく微笑む花那ちゃん。
「ふふ、神セブンって何ー。ふふっ、有紗ちゃんはやっぱり優しいな。ちょっと元気出た。ありがとう、有紗ちゃん。教室、戻ろっか」

　教室に戻ると朝読書なんてしている人はいなくて、教室はなんとなくガヤガヤとしている。
　朝読書なんて名目だけだよね、意味なさすぎでしょ。
「中村さん」
　なんて思っていたら後ろから声をかけられる。
「あ、五十嵐くん。おはー」
「おはよう。あのさ、花那と晴って、なんかあった?　今

日さ晴と学校に来たんだけど、花那が電話にも出ないしＳＮＳの返信も来ないって晴がかなり落ち込んでてさ」
　え、晴仁くんが?
「晴仁くん、落ち込んでたの?」
　晴仁くんが浮気をしているなら、落ち込まないよね?
「っていうか、花那も心なしか落ち込んで……あ……」
「ちょ、あーもう……」
　花那ちゃんが男子に囲まれているんだけど!
　もしかして、さっそく別れたって噂が広まってるの!?
　それで、花那ちゃん狙いの輩が集まってきてるとか?
　と、とりあえず五十嵐くんに説明しないとっ!

「……それで花那ちゃん落ち込んでてさ。しかも２人が別れたって噂も広がってるらしく、あの状況になってるんだと思う」
　さっき花那ちゃんから聞いた話を五十嵐くんにして、花那ちゃんの席の状況を指す。
「晴が浮気?　それは……あり得ないな」
　うん、と頷いてキッパリ言った五十嵐くん。
　やっぱり、あり得ないんだよね。
　五十嵐くんが言うなら間違いない。
「けど、部屋の中に入れるってことは相当仲いいってことか?　晴も勘違いさせるようなことしやがって。あ、そうだ。今日の放課後に晴のバイト先に行ってみようか。俺と中村さんと花那で」

おお、さすが五十嵐くん!!　さすがナイスアイデアっ!
「それ、いい!!　花那ちゃんには晴仁くんのところに行くことは言わないでおくね」
　今の状態で晴仁くんのとこに行こうって言っても、花那ちゃんはたぶんついてきてくれないからね。
　本当は騙すようなことはしたくないけど、今回ばかりは仕方ないよね。
「晴仁くんもあの状況を見て、嫉妬でもなんでもすればいいんだ」
　男子に囲まれてる花那ちゃんのほうを見る。
　あんな状況を見て、黙っているなんて晴仁くんにはできないだろう。
「いや、基本的に晴って食べ物のことかサッカーのことか花那のことしか考えてないから。あの状況を見たらぶっ倒れるよ」
　ふーん。やっぱり晴仁くんはカナエル信者の１人だよね。
　裏切るなんて到底思えない。
　だけどまあ、花那ちゃんを泣かせた罪は重いから、それ相応の責任はとってもらいますけどね。

　放課後。
　花那ちゃんには、久しぶりにファミレスに行こうって誘っておいた。
　もちろん、行き先は晴仁くんのバイト先であるファミレスだけどね。

心の中で謝るので許してください、カナエル様。
「花那ちゃーん！　かーえろ」
　と、花那ちゃんの席まで迎えに行くと、まわりには男子2、3人。今日1日ずーっと花那ちゃんのまわりには男子がいた。
　前からわかってはいたけど、花那ちゃん……モテすぎでしょ!!
　晴仁くんと別れたって噂が立つだけでこれって……もし初めから彼氏いなかったら、花那ちゃんの高校人生は大変だったんだろうな。
「あ、有紗ちゃん！　うん、帰ろう」
「また、お前かよー」
「中村、ちょっとは遠慮しろよー」
　と、まわりの男子に煙たがられても気にしなーい気にしなーい。
　だって目の前には天使様がいるんだもん、
「ざーんねん。花那ちゃんと私は相思相愛なのーあんたらモブ男とは格が違うんですぅ。じゃ、ばいばーい！」
　花那ちゃんとつないだ手を見せびらかしながら、教室を出る。
　ふふ、圧勝っ！
　今日1日、あんたらのせいで私と花那ちゃんのラブラブタイムが減ったんじゃいボケ。
　ざまーみろってんだ。
　花那ちゃんを私から奪おうなんて、地球が滅亡してまた

誕生したって無理だわ。

そんな意味不明なことを思っているうちに、五十嵐くんと待ち合わせている場所についた。

五十嵐くんとは学校で待ち合わせじゃ目立つからね。

いやーそれにしても五十嵐くんがただ立ってるだけなのに、なんかここが素晴らしい場所に見えてくるよ。

五十嵐くん相乗効果だね。

「じゃあ、行こうか」

出ました！　いつもの爽やか五十嵐くんスマイル！

「え、あれ？　柊くんも行くの？」

「あ、ごめんね。言ってなかったよね。五十嵐くんも久々にファミレス行きたいって言ってたから誘っちゃったんだけど、ダメだった？」

「ううん、全然だよ。3人で行こ！」

ニコッと笑って歩き始める。

そういえば、五十嵐くんとファミレス行くって真紀に言ったら『ファンクラブの過激派には気をつけなよ』ってアドバイスをもらったな。

ファンクラブの中には過激派と穏健派があるらしく、過激派は『王子様はファンクラブのもの』主義で、五十嵐くんが特定の子といるのを快く思わないらしい。

本当、気をつけないとな。

あ、ちなみに真紀は穏健派ね。

なんて私が考えごとをしているうちに、晴仁くんのバイトしているファミレスについたみたいだった。

「え、あの、ここって」
「ん？　どしたの、花那ちゃん。入ろー」
　なんにも知らないふりをして、半ば強引に花那ちゃんをファミレスへ押し込む。
　ごめんね、花那ちゃん。
「あの、私……帰ろう、かな」
「花那、せっかく来たんだからなんか食べていこう」
「うう」
　花那ちゃんがファミレスを出ようとしても、五十嵐くんが帰らせない。
　五十嵐くんの笑顔って、花那ちゃんをも有無を言わせないんだね。
　ウェイターさんに案内されて席につき、ファミレス内を見渡すと晴仁くんは他の机を担当しているみたいだった。
　今のところ晴仁くんと仲よさそうな女の子はいない。
　まあ、仕事中だからそういうもんか。
　もしかしたら、今日は例の女の子はいないのかな？
　と思ったその時、
　──ガッシャーン。
　派手に何かが割れた音がする。
「失礼しました！　申し訳、ありません！」
　その直後に響く声。
　声がする方向を見ると、ウェイトレスの女の子がお皿やらコップやらを割ってしまったみたいだった。
　たぶん私たちとタメくらいの、黒髪ショートボブのかわ

いい子。
「……あ」
　隣で小さな声が聞こえて、花那ちゃんはそのままうつむいてしまう。
　その反応……。
　もしかして、あのショートボブの子って……昨日、晴仁くんの部屋に来たっていう、あの子？
「大丈夫か！　いずみ。ケガないか？」
　晴仁くんがボブの子のそばに慌ててやってくる。
　いずみさんって、下の名前で呼んでるんだ。
　晴仁くんは、いずみさんがケガしてないか真剣な顔して腕を見たり、ガラスを片づけたりしてる。
　晴仁くんは優しいからバイトの子にも優しいだけって私なんかは思えるけど……これは、花那ちゃんにはきつい。
　花那ちゃんを横目で見ると、瞳を潤ませ拳を強く握っている。
「ごめ……私、帰るね」
　突然、ガタッと音を立てて立ち上がる花那ちゃん。声が震えてる。
「あ、花那ちゃんっ！」
　花那ちゃんが走って出ていってしまう。
「五十嵐くん、行こっ」
　まだ注文する前でよかった！
　会計する手間が省けた。
　私と五十嵐くんもファミレスを出て、花那ちゃんを追い

かける。
　すると、曲がり角のところで花那ちゃんが強面(こわもて)のヤンキーっぽい2人組のお兄さんにぶつかってしまうのが目に入った。
　あう、前を見て走ってなかったから……やばい、花那ちゃんが危ないよっ！
「ご、ごめんなさい」
　花那ちゃんが必死に謝ってるのが目に入る。
「あ、なんだよねーちゃん？　泣いてんの？　俺が慰めてやろっか？」
「結構、かわいい顔してんじゃねーか。ほら、こっちおいで」
　ヤンキーさん2人が花那ちゃんの肩を引き寄せる。
　やばい、これやばいって！
　私の足、もっと速く動いてよっ！　こんなんじゃ、遅いから！
　あーもう！　ていうかさ、なんでこんな時に晴仁くんはいないの!?
　晴仁くんの役立たず！　アホ！
「お兄さんたち、その手どけてもらってもいい？」
　あれ？
　さっきまで私の後ろを走っていた五十嵐くんが、なぜかすでに花那ちゃんのところにいますよ？
　足、速すぎですわ。
　やっぱり頼るべきは役立たずの晴仁くんよりもみんなの王子様、五十嵐くんってことですか。

五十嵐くんが花那ちゃんを引き寄せる。
「あ？　なんだよ、お前。せっかくのかわいい子を横取りしやがって！　そこどけよっ」
　危ない！　殴られる!!
「っ……」
　受け、止めた？　いや、違う。
　今、一瞬、五十嵐くんは痛みにこらえる顔をした。
「花那、泣かせてごめんな」
　けれど、そんなことも悟らせないくらいの爽やか笑顔を浮かべる。
「ったく、なんなんだよ。はーあ、つまんねーの、行くぞ」
　思ったよりも諦めがよく、ヤンキー２人組はチッと舌打ちをして去っていく。
　そうだ、そうだー！　お前らなんかどっか行けー！
　はあー。よかった。
　大事(おおごと)にならなくて、本当よかったわー。
　ほっとひと息ついて合流する。

「柊くん、ありが、とう」
　詰まりながらも五十嵐くんにお礼を言うと、急ぎ足で１人で帰っていってしまう。
「あ、花那ちゃ」
　追いかけようとすると、五十嵐くんに右手を掴まれて、首を横に振られる。
「今はそっとしておこう」

花那ちゃん……いつも優しくて笑ってる花那ちゃんのあんなに辛そうな姿、初めて見たよ。
　そっとしとくことしかできないことが、もどかしくて悔しくて両手の拳に力を入れる。
「中村さん」
　名前を呼ばれて、下を向いていた顔を上げる。
　五十嵐くんの両手が私の右手の拳を開く。私の手のひらには爪のあと。
　私、そんなに強く握ってたんだ。
「そんなに強く握ったら痛いよ。力、抜いて。花那と晴のことは、俺らが何か言うより２人で解決するしかないんだよ」
　五十嵐くんの手は優しくてあったかい。
　２人で解決するしかない、か。それは、確かにそうなんだけど……そんなことを思いながらも渋々、首を縦に振る。
　ふと、五十嵐くんの左手の手首が赤く腫れてることに気づく。
　そうだ。さっきヤンキー２人組に殴られそうになった時、痛そうな顔してたんだった！
　まったくー！　王子様になんてことしてくれるんだ！　貴様らが触れていい相手ではないんだぞ！
「五十嵐くん、水道！　そこの公園に行こう」
　花那ちゃんのことも心配だけど、五十嵐くんがケガしてるなら悪化しないようにしないと！
　だって五十嵐くん、自分から痛いなんて絶対に言わない

でしょ。
「え?」
　いきなりなんで?という五十嵐くんの顔。
「ほら、急いで急いで!」
　ケガしてないほうの手首を掴んで引っ張っていく。
　水道を見つけて一直線に進んでいく。
「はい、左手出して」
　五十嵐くんの袖を適当にまくって蛇口をひねる。
「っ、めた」
　水道に患部を当てて、勝手にひと安心する私。
「当たりどころ悪かったでしょ。ちゃんと痛いって言わないとわかってもらえないよ?」
「よく、気づいたね」
　流れる水を見ながらの会話。
「だって、さっき殴られた時、痛そうな顔してたじゃん」
「いや、帰ったら湿布でも貼っておけばいいかなって……」
　ははっと力なく笑う五十嵐くん。
「五十嵐くんさ、たまには人に頼りなよ。世のため人のために尽くしすぎ。そんなことばっかりだと自分が損しちゃうよ?」
「ふはっ、世のためってなんだよ。俺、そんなに人に尽くしてないから」
　今度は心から楽しそうに笑う五十嵐くん。
　私が本気で心配しているのに、笑うとはなんだ。
　五十嵐くんが尽くしてない人に分類されるなら、他の人

は人間にもなれずに空気中の物質になっちゃうよ。
　まあ、五十嵐くんが楽しんで笑ってくれてるならいいけどさあ。
「なんかさ、五十嵐くんが出馬したら間違いなく当選しそうだよね。老若男女問わず人気ありそうだし」
　そして、きっと世の中が五十嵐くんブームになるよ。それどころか、五十嵐くんの言葉が流行語大賞にもなるよ。
「ははっ、ちょ、中村さんっははは！　面白、すぎ！　俺、選挙とか出る予定ないし！　ははっ」
　将来、出ればいいのに。そしたら絶対に日本が素敵な国になる。
　ていうか、五十嵐くんだったらその人柄だけで世界征服とかできそうだな。
「もうそろそろいいんじゃないかな」
　これでもかってくらい笑う五十嵐くんにそう言って、蛇口の水を止める。
「はいどーぞ」
　ハンカチで水を拭いて、腫れている部分をキュッと結ぶ。
　私、何気にハンカチを持っている女子力高い系女子なんですよね。
「ありがとう、中村さん」
　五十嵐くんがハンカチを見つめて言う。
「いえいえ、お安い御用ですよ。五十嵐くんになら有紗ちゃんのハンカチをプレゼントしてあげてもよくってよっ」
　パチン、とウインク１つ。

「あ、ハンカチじゃなくて。いや、ハンカチもうれしいんだけど」
「え、違うの？」
　1人で芝居じみたことしていて、バカみたいじゃないか。
「ケガ。気づいてくれてうれしかった、から。ありがとう」
　首に手を当て、少し視線を外しながら。
　そしていつもの爽やか笑顔とは違う、はにかんだ笑顔を浮かべる五十嵐くん。
「え……」
　まともに答えることも、目を合わせることもできなくなってしまう。
　そして、なぜか少しうるさくなる私の心臓。
　風の吹く音がやけに大きく聞こえた。
　何これ、変なの。
「いや、たいしたことしてない、し」
　ようやく、しどろもどろになって答えると、もう一度、私のほうを向いて笑う五十嵐くん。
　今の……私しか見てないよね？
　独り占めしちゃっていいのかな？
　みんなの知らない五十嵐くん。
　なんて思っているうちに、今度はいつもと変わらない爽やか笑顔。
　ほんの一瞬だけの、それでもいつもと違う五十嵐くん。
　びっくりした。五十嵐くんも、あんな笑い方するんだ。

ガツンと言ってやりましょう

　お昼休み。
「花那ちゃん、ご飯たーべよ！」
　私が花那ちゃんに声をかけると、ハッとしたような表情になる。
「あ、有紗ちゃん……うん、食べよっか」
　心なしかというより確実に、花那ちゃんはいつもよりボーッとしていてどこかに意識が飛んでいる。
　話していても、どこか遠くを眺めているみたいに目が合わない。
　朝、学校に来たら花那ちゃんの目は充血して腫れてたし。やっぱり、泣き腫らしたのかな。
　しかも学校に来る途中に、花那ちゃんが晴仁くんと別れて五十嵐くんに乗り換えたって噂まで流れていた。
　花那ちゃんの耳に入っていないといいんだけど。
　昨日から、余計な噂ばっかり耳に入ってくる。
　これ以上、傷をえぐらないでよ。
　だいたい、部外者は黙っててよ。
「森山さん、ちょっといい？」
　教室を出て中庭に向かおうとすると、明らかに嫌な感じの雰囲気を漂わせて花那ちゃんを呼び出す5、6人の美女集団。
　おそらく今回の噂を聞きつけて、花那ちゃんのことが気

に食わないんだろう。
「な、んですか？」
「ちょっと話があるの。非常階段までついてきてくれる？」
　花那ちゃんが明らかに怯えてる。
「花那ちゃん、ついてこうか？」
　いたたまれなくて、花那ちゃんに声をかけても、
「大丈夫だよ。ありがとう、有紗ちゃん」
　力なく微笑まれるだけ。
　いつものかわいい笑顔に輝きがない。
「じゃあ、ちょっと行ってくるね」
　ふわふわと私に手を振って去っていく。
　あんな花那ちゃん見て、放っておけるはずないじゃん。
　あー！　もうっ！

「はーるーひーとーくーん‼」
　廊下を全力ダッシュして、ドカッと晴仁くんにぶつかる。
「え、有紗ちゃん？　どうしたの？」
　この能天気な顔！　きょとんとしてんじゃない！
　１発かましてやろうかしら。
「あー、もう！　本当ムカつく！　いつもは嫉妬ばっかするくせに、なんで花那ちゃんのことほったらかしにするんだ、バーカ！　ちゃんと、ちゃんと見ててあげなよ！　花那ちゃんのこと。私だってね、こんなことすんのめんどくさいんだからね！　めんどくさい、けど……花那ちゃんがこれ以上、落ち込んでるの見たくないから。私じゃ、意味

ないの！　花那ちゃんには他の誰でもダメなんだから。晴仁くんじゃなきゃ意味ないの！　わかった!?」
　私が晴仁くんに掴みかかると、晴仁くんはまたきょとんとした顔。
　これ以上、イラッとさせるんじゃない。
「あ、りさちゃん？」
「花那ちゃんが、先輩に呼び出されてる。花那ちゃんが晴仁くんと五十嵐くん両方に手を出したって、いちゃもんつけられてるの！」
　そう言った途端、さっきの間抜けな表情とは打って変わって緊張した面持ちで走り出そうとする。
　けれど、すぐに視線を下にして、少し意地を張ったように言う。
「っ、でも、あいつ全然返信ないし……俺、行かないほうがいいんじゃねーの」
　はー？　何を言ってんの？
　あなたは、ほんまもんのバカなのですか？
　マジでぶっ飛ばして差し上げようかしら。
「花那ちゃんが、いっつも自信なさげなのは半分くらい晴仁くんのせいなんだから！　彼氏ならちゃんと自信つけさせてあげなさいよ！　そんでもって、そばにいてあげなよ！　なんで、バイト先の子を助けるのに花那ちゃんは助けないの！　おかしいでしょうが！」
　私の言葉に圧倒されている晴仁くん。
　ダメだ。この辺で止めておかないと、キリがない。

「あーもー！　じれったいな！　花那ちゃんのこと好きなの嫌いなのどっちなの!?」
　晴仁くんがハッとする。
「そんなの……好きに決まってんじゃん」
　私の目をそらさずにはっきり言う晴仁くん。
　なんだ。
「わかってんじゃん。だったらさっさと行きなさい！」
　それだけわかってんなら、今の２人にはもう十分。
　ニヤッと笑って、晴仁くんの背中を強めに叩く。
「有紗ちゃん、ありがとな」
　今度は迷いなく、走り出す晴仁くん。
　もう、大丈夫だ。
「あっ！　場所は非常階段だよー！」
　晴仁くんが転びそうになって走る向きを変える姿に、思わずクスッと笑ってしまう。
　晴仁くんは、どこに向かおうとしたんだろう？
　そういえば、今さらだけど美女集団さん場所を教えてくれるとか優しいな。
　普通ならわざわざ場所なんか言わないのに。
　案外いい人だったりして。
　それにしても、
「はあー疲れたー」
　両手を上げて、ぐーっと体を伸ばす。

「すごい、勢いだったね中村さん……」

「まあねー、言いたいことあったから。ついね」
　おかげで喉(のど)がカサカサだよ。
「水、水ー水が飲みたいー」
「え、と……俺のでよければ、飲む？　あ、回し飲み嫌いとかじゃなければ」
　五十嵐くんが遠慮がちにお茶のパックを差し出す。
「いいのー？　いやー、ありがたいありがたいー！」
　五十嵐くんから受け取って勢いよくお茶を飲んだ瞬間、喉に潤いがもたらされる。
　喉越し最高っ！
　いやー、水って素晴らしいね。ありがとう、大地の水！
「あー、おいしい！　生き返ったー！　ありがとっ、五十嵐くん」
　五十嵐くんに笑顔を向けてから、深々とお礼をする。
「あ、いや」
　五十嵐くんが首に手を当てて視線をそらす。
　なんだかいつもと違うような……私、なんかした？
「あ！」
　そうだ！　五十嵐くんのいつもと違う様子も気になるけど、今はこうしちゃいられない！
「行こう！　五十嵐くん！」
「え？　どこ、っおわ」
　五十嵐くんが言い終える前に、手を引いて走り出す。
　向かう先はもちろん、
「花那ちゃんのとこ！」

人で賑わう廊下をかき分けて、全速力で進んでいく。
　すれ違う人みんなが振り返るけど、気にしなーい気にしなーい。
「中村さーん」
「んー？　何ー？」
　五十嵐くんの声が後ろから聞こえる。
「廊下は走ったらダメだって」
「あ」
　前にも五十嵐くんに言われたことを思い出して、急いで勢いを殺して止まろうとする。
「あっととと!!」
　けれど、勢い余って前に転びそうになる、直前……。
「危ないし、な？」
　後ろから、五十嵐くんが私を抱きかかえるようにして転ばないように助けてくれた。
「あ、ごめ」
　見上げれば、少しだけ困ったように眉を下げて笑う五十嵐くんの姿。
「あ、りがとっ！」
　この体勢がなんだか恥ずかしくて、顔が熱くなってきた。
　転ばないようにとはいえやっぱり照れるよ！
　男の人に、しかも完璧王子様に抱きかかえられるとか、私の心臓が持ちませんから！
　なんか、いつもより近いし照れる！
　なんて思いつつ、五十嵐くんからパッと離れる。

っていうか、廊下は走らないって五十嵐くんに言われるの何度目ですか……私、成長しないなあ。
　そろそろ五十嵐くんにも呆れられてるんじゃ……。
「中村さん、廊下走ってたらいつかケガしそうだから。走ったらダメだからな？」
　注意するのはいつもの爽やか五十嵐くんです。
　ああ、また注意を受けてしまった。
　今度こそ、気をつけないと！
「う、はい……以後、気を引きしめてまいります」
　私が言うとコクッと頷く五十嵐くん。
　それにしても、五十嵐くんも意外と頑固ですな。何度も何度も注意するんだから大変だろうに。
　いや、私が何度言われても学ばないのがいけないんだけどさ。
　一応、これもあとでノートに書いとこー。
「じゃあ、花那と晴のとこには歩いていこうか」
「あっとー、それが……」
「ん？」
「これ、非常階段ですね」
　気づいたら校舎の端まで来ていたようで……。
「あ、ほんとだ」
　思ったよりも近かったね。
　そんなに走った記憶もないんだけども。
　よし、それじゃあ！　目的地にもついたわけですし！
「さっそく、覗き見しちゃいましょうか」

そのためにここまで走ったのですから！
「え、中村さん……それはよくないんじゃ」
「しー！　バレないようにしないとっ」
　焦り始める五十嵐くんの口に人差し指を当てて、こっそりと覗き込む。
　これくらい、聞く権利はあるよね？

　非常階段にいるのは花那ちゃんと晴仁くんだけで、すでに美女集団さんはいなくなっている。
　ってことは、晴仁くんは上手くやったのかな？
　なんて思いつつも、静かに耳を傾ける。
「……晴くんに、助けてなんて頼んでないもん」
　聞こえてくるのは拗ねたような花那ちゃんの声。
　ありゃりゃ、花那ちゃんも素直になれなくなっちゃってるな。
　本心じゃないのは明白だけどね。
　となると……。
「は？　助けてもらっておいてそれかよ。花那さ、最近返信ないし電話も出ねーし。なんなの？」
　やっぱり晴仁くんも言い返しますよね。
　花那ちゃんが、心にもないこと言ってることに気づかないんだもんな。相変わらず鈍いです、晴仁くんは。
　晴仁くんが言い返すのは予想どおりだけど……これじゃ状況は何も変わらない。むしろ悪化する一方。
　黙ったままの花那ちゃんに晴仁くんは続ける。

「そんなこと言われんだったら……放っておけばよかった」
　ちょ！　晴仁くんさすがにそれは言っちゃ……。
「晴くんが……晴くんが浮気なんてするから！　わ、たしのせいじゃ、ない、もん！」
　顔を歪（ゆが）め目に涙をいっぱいに溜めた花那ちゃんは、震える声で晴仁くんを睨（にら）みつける。
「は、浮気？」
　晴仁くんは怪訝そうな顔をする。
「とぼけたって無駄だもんっ。私、見たから……晴くんが、いずみさんって子と私に内緒で遊ぶ約束してるのを！　晴くんの部屋に２人でいるのだって……見たんだから！」
　花那ちゃんの表情は、泣いているような怒っているようないろんな感情でごちゃ混ぜだ。
　聞いてる私まで苦しくなって、泣きたくなる。
「え、いずみって……」
「なんでっ、バイトの子なのに呼び捨てなの……！　今まで晴くんからの呼び捨ては私の特権、だった、のに……っひく、も、私のこと、嫌いなの？　……答えてよっ、晴くん!?　……え」
　涙が溢れ出した花那ちゃん。
　その、次の瞬間、
「え！　ちょ、っもご」
　晴仁くんが花那ちゃんを引き寄せて……抱きしめた。
　ちょっと待って、なぜそうなる！と叫ぼうとしていた私の口は、五十嵐くんの手によって塞（ふさ）がれた。

あっぶない、急展開に驚きすぎて覗き見していたことを忘れていた！
　バレるところだったじゃん！
　セーフ、ギリギリセーフ！　五十嵐くん、感謝！
「ごめん、バレるとまずいかなと思って」
　口を塞がれたまま、耳元で聞こえる五十嵐くんの声。
　五十嵐くんの手の力加減が上手いのか、不思議と苦しくはない。
　ありがたいし、五十嵐くんのおかげで助かったのは事実。
　事実、なんだけどさ……ち、近くない!?
　振り返れば、絶対10センチも距離ないし、この体勢はいったい何!?
　五十嵐くんの左手は私の口、右手は私の腰まわりを支えている。
　つまり！　先ほどと似ていて、後ろから抱きしめられているような体勢というわけなのです！
　なんか今日、抱きしめられること多くないでしょうか？
　暑い、暑い！　暑くて体の水分が蒸発する！
　はあ。
　こんなことが1日に何度もあったら私……心臓が、持たない、し……息、止めちゃう。
　しかも体を動かせないから後ろも向けないし、なんか緊張で苦しい。
　顔が、赤くなるのを感じながらも耳を澄ますと聞こえてくる晴仁くんの声。

そうだった！
　あちらも、晴仁くんが花那ちゃんを抱きしめていたんだった！
「ごめん、花那。不安にさせて、ごめん」
　あーもうちょっと大きな声で喋って！　聞こえにくい！
　声、こもってるこもってる！
「いずみは、バイトが一緒でタメだから話しやすいだけ。本当、それ以外なんでもないから」
「でも！　晴くん……名前で呼んでた」
　そうそう！　バイト先の人にしてはかなり仲よさげだったよね。
「あー、いずみは和むに温泉の泉で和泉。フルネームだと、和泉ちさと。和泉って苗字だから」
「え、そうなの！」
「！　っもご」
　あああ！　あっぶない、また花那ちゃんと一緒に私まで叫びそうになった！
　いずみって、そっちの和泉かーい！
　まぎらわしいわっ！
　晴仁くんの『いずみ』って発音が変だよ！
　苗字なら"いずみ"の"い"を強調すべきでしょ！
　なんで"み"を強調するの！
「そう。だから花那が心配してることは何もないよ」
　晴仁くんは、自分の腕の中にすっぽりと収まる花那ちゃんに笑顔を向けながら話を続けている。

「でも！　あれ、は？　晴くんの部屋に、和泉さんいたのは……どうして」

　花那ちゃんは笑顔を浮かべたのもつかの間、すぐに疑り深い表情に変わる。

　はっ！　そうだ、そうだー！　なぜだー！　そもそもの原因はそっちなんだから！

　危うく忘れるところだった！

「あー……あれ、は」

　ん？　なーんか煮えきらないな。はっきりせい！

　まあ、それで本当に浮気だったらただじゃおかないけど。

「な、に？」

　ほら、花那ちゃんだって不安そうじゃん！

「あーもう！　言うつもりなんてなかったんだよ！　はあー……」

　花那ちゃんから離れてカシカシと頭をかく晴仁くん。

　ん？　なんだなんだ？

　晴仁くんは、そのまま花那ちゃんにスマホの画面を見せている。

　何を見せてるんだ！　私も見たい！と思って必死に目を凝らす。

　うーむ。いくら視力よくても、こっからじゃさすがにあの小さい画面は見えないか。

　もうちょっと前に出れば……。

「ちょ、中村さん、それ以上は見つかるから……」

「これって……」

画面を見ていた花那ちゃんが顔を上げる。
なに！ どうしたの、花那ちゃん？
教えて教えて‼
「来週、俺らの１周年だから。なんかサプライズでプレゼントでもしようかなと思って和泉に相談してたんだよ。それで今週末、和泉に買い物に付き合ってもらうことになってたんだよ」
花那ちゃんから少し視線をそらして照れくさそうに言う晴仁くん。
ふーん、なるほどねー。そういうこと。
だから言えなかったってわけね。
まあ、筋は通ってるから信用してもよさそうだけど。
「……かった」
耳元で何かが聞こえたと思ったら、手がほどけて私から離れる五十嵐くん。
そして安心したように「はあーっ」と息をついて、壁に寄りかかって座った。
「そ、だったんだ……晴くん、疑って、ごめんなさい」
花那ちゃんの謝っている声が聞こえて見てみると、うつむいている花那ちゃん。
「俺も、花那のこと不安にさせてごめん」
つられて晴仁くんも頭を下げる。
それから顔を上げて晴仁くんと花那ちゃん、２人で笑い合う。
よかった、いつもどおりの花那ちゃんの笑顔だ。

うふ、うふふふ！　やっぱり花那ちゃんは笑顔がいちばんだよ！　超絶天使ー！
　よかった、解決してよかった。
　見てると私まで、うれしくなって自然と笑顔になってしまう。
「でもさ、覚えといて。俺のいちばんは昔も今も、これからも花那だけだから」
　花那ちゃんの頭を撫でながら、甘ーいセリフを言う晴仁くん。
　解決したと思ったらこれって！
　いったいなんなの!?
　さっきまでの緊迫した空気はどこへ行った！　私はそんなに切り替え早くありません！
　こんなの、体が受けつけないから！
　あーもう、私のほうが赤面するわっ！
　いったいなんなの、ラブラブオーラを見せつけやがってー！　しかも手をつないでどっか行っちゃうし！
　あーそうですか。解決ですか！

「もうっ！　晴仁くんって、よくあんなこっ恥ずかしいセリフ、笑顔で言えるよねー！　聞いてるこっちが恥ずかしいわっ」
　2人がいなくなったのを再確認すると、顔をパタパタとあおぎながら、五十嵐くんの隣にドカッと座る。
　ま、解決したからよしとしてあげますけどねー！

はあー。
　まったく、心配かけるくらいなら、ずーっとウザいくらいにラブラブでいてよね。
　甘い甘い、ラブラブな2人でこそ、私の好きな花那ちゃんと晴仁くんなんだから。
　2人が元気なかったら、調子が狂って仕方ない。
　なんて思いながら、1人でクスッと笑ってしまう。
「まあ、晴くらい素直だったら後悔しないよな」
　窓の奥の景色を見つめながら言う五十嵐くん。
「え！　五十嵐くんでも後悔することあるの？」
　その表情はなんというか、いつもの完璧王子・五十嵐くん！　……というよりは哀愁（あいしゅう）が漂う王子様、って感じ。
　この人、ほんとどんな表情でも似合うな。
　そのたびに、まわりの雰囲気まで変えてしまうから、本当にすごい。
　それにしても、予想外の答えが返ってきたよ！
　なんでもこなしちゃう五十嵐くんでも、後悔なんてすることあるのかな？
「後悔なんて、しない人いないって」
　ははっと力なく笑う五十嵐くんは、どこか遠くを見つめていて切なげな瞳。
　五十嵐くんがいつもと違う原因。
　心当たりがあるといえば、ある。
　聞いても、いいのかな？
　心拍数が速まる。

「あのさ、前から気になってたこと聞いてもいい？」
「いいよ、何？」
　まだ、遠くを見ている五十嵐くん。
　その先には何があるのかな。
　よし。
　私は決心して口を開く。
「あの、さ。五十嵐くんって花那ちゃんのこと、好きだったりする？」
　ゴクン、と息をのむ。
　前からそうなんじゃないかって、少しだけ気になっていたこと。
　昨日の行動だって、もしかしたら……なんて考えてしまう。
　なぜか、私の心臓がドキドキと音を立てる。
　まるで、耳元に心臓があるみたいに激しく。
「え？」
　五十嵐くんが驚いたようにこっちを見る。視線が合う。
「っ、あ！　もし、そうだったら肩貸しますぜ！　寄っかかっていいっすよ？」
　肩のホコリをはたきながら、自分の速い心臓の音をかき消すようにふざけたことを口走る。
　五十嵐くんの答えが気になって、余計なことばかり言ってしまう。
　私、何やってんだ……自分が自分で情けないよ。
「っはは！　俺が花那のことを？　はは、それはないよ。

うーん。俺、そんなふうに思わせるような行動したかな?」
　って言ってる五十嵐くんは、まぎれもなくいつもの五十嵐くんで。
　到底、嘘をついている顔には見えない。
「いや、なんかよく花那ちゃんの頭を撫でたり何かと気を配ったりしてるから……そうなのかなーと」
　しかも、後悔がどうのこうのって言ってたから、私はてっきり花那ちゃんのことが好きなのかと。
　なーんだ、私の勘違いか。
　なんか私の勘って、ことごとく当たらない気がしてきた。
　もう勘ぐるのはやめようかな……。
「あー、なんていうかさ。花那のことは妹みたいに思ってんだよね。身内としてはほっとけないというか、そういう感覚。あ、ちなみに晴も弟だと思ってるし。だからそんな家族みたいに大切な2人の仲たがいは見たくないんだ」
　まあ、確かにはたから見ても、五十嵐くんは晴仁くんと花那ちゃんのお兄さんって感じだよね。
　なるほどね、家族か。
　ふーん、そっか。そうなんだ。
　なんか……よくわかんないけど、なぜだかちょっと軽くなった気がする。
　……自分の体重が!!
　急に痩せたのかな?　老廃物が空気に溶けたとか?
　うれしいなー!
　このままさらに減量してくれ!

それにしても五十嵐くんって、やっぱり限りなく人のために生きてるよね。
　私の目に狂いはなかった！
　いやー、素晴らしい素晴らしい。うんうん、と１人で勝手に納得して頷く。
「でも……」
　五十嵐くんの呟くような小さな声。
　あれ？　まだ話には続きがあるの？
　なんだろ？
「中村さんがせっかく肩を貸してくれるって言うなら……ちょっとだけ、借りてもいい？」
「え」
　は、はい？
　一瞬、なんのことやらと思ったら……そうじゃん!!
　自分で言ったんじゃん！　はっきり！
　肩を貸しますぜって。
　いや、冗談のつもりだったんだけど！
　まさか、五十嵐くんともあろうお方が本気にするとは思わなかったもんで……！
　急いで訂正せねば!!
「いや、あの、あれは!?」
　って、あれ？
　あれこれ、言おうとしてたこと、あるはずなのに。
　全部、全部。吹っ飛んだ。
　頭が真っ白になって、何も考えられない。

ただ、感じるのは、右肩に乗っている物理的な重みだけ。
　あの、え、っと……五十嵐、くん？
「って、ごめん。もう借りちゃってる」
　え、っと……私はなんて言おうとしてたんだっけ？
　ちょっと私の頭の中がこんがらがってますよ。
　なんで、五十嵐くんの頭が私の肩に乗っかってるんだ？
　私、許可した覚えはないぞ。
　許可はしてない、けど、確かに私は自分の口で肩を貸すって言ったんだ。
　だから、五十嵐くんを拒否できる理由なんてない。
「もー、仕方ないなー。特別に許可してあげよう。感謝したまえ」
　さっきと同じ、冗談交じりのトーンで五十嵐くんに声をかける。
「はは、ありがと。中村さん」
　いつもより、ずっと近くで聞こえる声。
　普段よりも低くて、覇気がないのはたぶん気のせいじゃない。
　どうしたんだろう。
　五十嵐くんが自分から何かを頼むなんて珍しい。
　人からの頼まれごとはなんでもしてるけど、五十嵐くんは人にはあまり物を頼まない。
　しかも、こんなふうに人の答えを聞く前に自分から行動を起こすなんて。
　珍しい。なんてレアケースなんだ。

あとでノートに書き加えておかなければ。
「……っ……」
 っていうか、さあ!!
 さっきから意識しないようにしてたけどさ!
 五十嵐くんが動くたび、髪が私の首に当たってくすぐったいんですけども!
 はー、って五十嵐くんがため息をつくと、かすかに私の肌に息がかかるし!
 だ、あ、なんか! もう! ドキドキするっていうか、こそばゆい!!
 言葉にできないけど、なんか無性に叫びたくなるっ!
 って、そうじゃなくて!!
 いかんいかん。こういうのは意識したら負けなんだ。
 さあ、心を鎮めて。悟りを開こう。
 断じて五十嵐くんの清潔感溢れるシャンプーの香りなんて気にしていませんから!!
「ふうー……」
 私は上を向いて、頭を壁に寄りかからせる。
「中村さんは……」
「は、はい!」
 突然、声が聞こえて慌てて返事をする。
「誰にでも……いや、やっぱなんでもない」
 何かを言いかけやめてしまう。
 でも、それを追求する勇気は今の私にはなくて。
 結局、どんな言葉もかけてあげられない。

だって、五十嵐くんのこんな姿、初めて見る。
　そんなに後悔、しているんだろうか。
　だったら五十嵐くんは、いったい何を後悔しているんだろう。
　話してくれなきゃわからない。
　重要なことほど、五十嵐くんは言葉にしてくれない。
　それを教えてもらうには、どうしたらいいんだろう。
　今、五十嵐くんは何を思っているんだろう。
　それから、いつもより、自分の鼓動が速い気がするのは、なんでだろう。
　教室から離れたこの場所は、私たち以外に誰もいなくて。
　ただ、この空間には沈黙が流れているだけで、お昼のポカポカとした陽気が私たちを包み込む。
　いつもなら沈黙が苦手で、騒ぎまくっている私。
　けれど、今は何も話さないこの沈黙が、不思議と嫌じゃない。
　このままでもいいかもって思ってる。
　気のせいなのかな……。
　この場に流れる空気が、心地よい。

Weak point 3

「帰らないよ。五十嵐くんが帰るまで」
どうしてキミは
欲しい時に欲しい言葉をくれるんだろう。

勉強会にしましょう

「あのね、有紗ちゃん」
　はっ！
　昨日の五十嵐くんのことを考えてたら、ボーッとしてしまっていたよ。
　せっかく今はお昼の貴重な花那ちゃんタイムなのに！
「ん？　どしたの、花那ちゃん」
「晴くんから聞いたの、昨日のこと。有紗ちゃんが晴くん呼んできてくれたんだよね？　あの、ありがとう。おかげでちゃんと話できたの、仲直りも。たくさん心配かけてごめんなさい」
　花那ちゃんは、申し訳なさそうに下を向いて軽く頭を下げている。
　ぜーんぶ知ってるよ！
　なんてことは盗み聞きしてたことがバレちゃうから言わないけど、代わりに心からの祝福の言葉を贈ろうかな。
「よかった、よかったね花那ちゃん！　じゃあまた、晴仁くんと幸せな日々が送れるねー」
「本当にありがとう、有紗ちゃん！」
　私がそう言うと、笑顔に変わった花那ちゃんが抱きついてくる。
　その様子はやはり……いつもの天使様でした!!
　やっぱり花那ちゃんはこうでなきゃ！

「ふふー、私も幸せー」
　そう言って花那ちゃんを抱きしめ返す。
「あ！　そうだ！」
　急に何かを思い出したように花那ちゃんが体を離す。
　もうちょっと抱きついてくれてもいいのにな。
「あのね、お礼と言ったらなんなんだけど……もしよければ、今日から一緒に勉強会しない？　毎回、この時期になると晴くんと私と柊くんで勉強会するんだけど……よかったら有紗ちゃんも、どうかな？」
　へ？　勉強会？
　しかも、ゴールデンメンバー！
「そんな豪華メンバーの中に、私なんぞお邪魔していいのでしょうか!?」
「もちろん!!　有紗ちゃんがいてくれたら私もうれしい！」
　どうしよう。
　右には花那ちゃん左には五十嵐くん。正面には晴仁くんっていう素晴らしすぎる空間も夢じゃない！
　すごいすごい！
「わーありがとう花那ちゃん！　みなさまのお邪魔にならないようにできる限り少量の酸素で生きるね」
　そんな素敵な環境に入れてもらえるなら、せめて私が吸う酸素の量くらいはできる限り減らすべきだよね！
　地球にやさしいエコ活動！
「へ？　酸素??」
「うん！　それにしても花那ちゃんたちは偉いね。こんな

普段から勉強会してるんだね！」
　私なんてテスト１週間前にようやく勉強始めるのに。
「え、と……有紗ちゃん。もしかして、テストの日程忘れてない？」
　いやいや花那ちゃん。
　いくら私でもさすがにそこまでバカじゃないよ。
　それやっちゃったら、終わりでしょ。
「もちろん知ってるよー。再来週の月曜日からでしょ？」
　と私が言った途端、ああーと頭をかかえ込む花那ちゃん。
　え、もしかして違うの？
「有紗ちゃん！　テストは３日後からだよっ！　どこをどう勘違いして再来週からだと思ったの!?」
「うえ!?」
　本当に!?　なんだって！　それは大変だ!!
　というか、いったい私はどこをどう勘違いして再来週からだと思ったの？
　これじゃ本物のバカじゃないか！
　さすがの私でもそれは焦るよ！
　この世の終わりだ！
　だって、今さら何したらいいの!?
　もう何もしないほうがいいかもしれない。
「花那ちゃんーどうしよう!!」
「だ、大丈夫だよっ！　なんたって学年トップクラスの柊くんがいるんだもん。こうなったら柊くんに山はってもらうしかないよ！　一緒に頑張ろう有紗ちゃん」

エイエイオーと拳を突き上げる花那ちゃん。
　ああ、かわいい……ってそうじゃなくて。
「やるっきゃないよね!!」
　私は頑張らなきゃいけないんだ！
　花那ちゃんと同じように、私もエイエイオーと拳を上げたのだった。

「あのー有紗ちゃん？」
　とにかく時間がない。
　というわけで、今日の放課後からさっそく五十嵐くん家の勉強会にお邪魔させていただいてる私。
　最初の１時間は、どうにか天才王子様に教えてもらってた私なんだけど……。
「あう、花那ちゃんー。無理だー！」
　人の集中力というのは短いもので、あっという間に私のヤル気がなくなってしまった。
　そして花那ちゃんのふわふわの髪で遊び出す始末。
　しばらく勉強してなかったせいで、ヤル気の出し方まで忘れてしまったらしい。
「中村さん、どこがわかんない？」
　五十嵐くんが申し訳なさそうに声をかけてくれる。
　ああ、こんな優しい人に教えてもらえているのに、私はなんて恩知らずなヤツなんだ……。
「違うんだよ、柊くん。有紗ちゃんはわからないんじゃなくて疲れちゃったんだよ」

「有紗ちゃん、疲れんのはえーな」
　はい、本当に晴仁くんのおっしゃるとおりです。
　申し訳ないくらい集中力がないんです私。
　まあ、そう言ってる晴仁くんだって、さっきから勉強せずにマンガを読んでるんだけどね。
　そんな晴仁くんに言われるとは……。
「疲れたなら、休憩でもする？」
　あ、休憩……ほわほわと甘いお菓子のイメージが私の頭を埋め尽くす。
　と、そこでハッとする。
　いや、ダメだ！　甘やかされている場合じゃない!!
　五十嵐くんの甘い誘惑には乗っちゃダメだ！
「いや！　大丈夫です！　休憩してる暇なんてない！　やるんだ私はやるんだ！」
　私はなんでもできるんだっ！
　暗示をかければいける！
　うおおおー!!　やるぞー！
「あっ！　じゃあさ、こんなのどう？」
　1人でメラメラ燃えていると、花那ちゃんが思いついた！っとポンと手を打つ。
「有紗ちゃんが頑張ったら何かご褒美あげるの。そしたらきっとヤル気も出ると思うんだけど、どうかな？」
　わ！　それ、
「いいな！　それ！」
　私が言うより先に答える晴仁くん。

なぜキミが答えるんだ。
「それは私もヤル気起きるよ！　何？　なんでも頼んでいいの？」
「こーいう時のご褒美って基本あれじゃね？　頑張ったらキスする、的なやつ」
　だ!?　なんだそれは!!
　晴仁くんの言葉に度肝を抜かれる。
　それはいったいどこの知識ですか晴仁くん！
「ちょ、ちょっと晴くん！　また私の少女マンガ読んだの？」
「え、まあ……暇だったから。褒美ってそういうのじゃねーの？」
　あー、そういえば、晴仁くんって妙に少女マンガに詳しいんだよね。
「それはマンガの世界のお話でしょ？　実際にやる人なんてなかなかいないよー」
「あのね晴仁くん。私、彼氏とかいないからそんなご褒美は別にいらないかなー」
「あ、そっか。有紗ちゃん彼氏いないんだっけ？」
　おい、晴仁くん。失礼だね。
　しかも、これを嫌味じゃなくて素でやってるところがまたムカつくね。
「悪かったね。お２人みたいにラブラブする相手する人がいなくて」
　嫌味たっぷりで言う私。

「うーん、あ。それじゃあ、柊が有紗ちゃんにキスすればいいんじゃん？」

　一瞬迷った素振りを見せて"いいこと思いついた！"っと顔を輝かせる晴仁くん。

　は？

　ちょい、ちょい待ち。どこをどうすればそんな考えに至るんだよ。

　人数的にもちょうどいい、みたいな顔しないでよ。

　そんなの天下の五十嵐くんに失礼でしょうが‼
「何を言ってんだよ！　晴‼」

　今まで黙っていた五十嵐くんがいきなり声を荒げた。

　ほら、いくら温厚な五十嵐くんだって怒ってるじゃん！
「そんなの中村さんに失礼だろ！　お前な、なんでも考えずに言うのやめろよ。冗談で済まされないからな」

　いつもの優しい五十嵐くんはどこへ行ったのか、真剣な表情を晴仁くんに向けている。

　あ、え、私？

　もしかして五十嵐くん、私なんかのために怒ってくれている……のかな？

　私に失礼だなんて、私はこれっぽっちも思ってなかったけど、そんなふうに言ってくれる、ってなんか……。

　私、幸せかも。

　自然と頬が緩んでしまう。

　こんな私でも女の子扱いしてくれるのは、きっと五十嵐くんの人柄のよさなんだろうな。

ほんと、どこまでも優しいなあ。
　なんかニヤけちゃうよ。
「そうだよ晴くん！　今のは私だって怒るよ！　キスなんて、そんな簡単にするものじゃないの晴くんだってわかってるでしょ？　晴くんのバカ！」
　さらに花那ちゃんまで怒ってくれる。
　こんなに私のことを大事にしてくれる人がいるなんて。
　もう、私が言うことなんて何もないじゃん。
　むしろ、幸せに浸ってしまう。
「いやー私はそんなふうに言ってもらえて幸せ者だぁ。大丈夫だよ、私は気にしてないよ」
「あの、有紗ちゃん……ふざけたとはいえ、ごめん」
　冗談なことくらい、すぐわかるよ。
　だって、晴仁くんだし。
「もちろんわかってるよ。ほんと、気にしてないからね？　晴仁くんが話すことなんてほとんどおふざけみたいなもんだしねー。それよか五十嵐くんに失礼じゃない？」
　何が悲しくて、完璧王子様は私とキスなんてしなくちゃいけないんだ。
　むしろ謝るなら五十嵐くんにじゃない？
「あ、いや俺なら、全然……なんつーか、よかった！　うん、中村さんが気にしてないなら、それで！」
　あれ？　なんか、五十嵐くん変じゃない？
　話し方とか表情に……なんとなく違和感。
　と、思ったのは私だけではないみたいで。

「なんか、柊いつもと違くね？」
「そうか？　俺はいつもと変わらないつもりだけど」
　そう言う五十嵐くんは確かにいつもの五十嵐くんで、笑顔もいつもどおり。
　なんだ、一瞬だけの思い違いかな。
　まぁいいか。
「あ、話戻すけど有紗ちゃんはなんかご褒美いらねーの？」
　うーん。ご褒美、ご褒美かあ。
　なんだろう。
　花那ちゃんを晴仁くんから１日中借りる、とか？
　いや、その気になれば借りられるしな。
　じゃあ、スイーツバイキングを奢(おご)ってもらうとか？
　あー、でもなー、やっぱもっといいもの欲しいしな。
　どうせなら、宝石とか……いやいや、さすがに高すぎか。
　誰がそんなものくれるんだ。
　あー何がいいんだー！　もっと私の頭よ、フル活動せよ。
　高すぎず安すぎず、ちょうどよいものとは……。
「有紗ちゃん、決まった？」
　と花那ちゃんに聞かれて、ふと、昨日の五十嵐くんが頭をよぎった。
　哀しそうな切ない表情。
　肩から伝わる温もり。
　近くで感じる息づかい。
　後悔してることがある、か。
　聞きたい……。

五十嵐くんの弱点につながるものなら知りたいよ。
　五十嵐くんの知らないこと、教えてほしい。
　それをご褒美に教えてもらうって案も浮かんだ。
　でも……五十嵐くんのほうを見ると、にこりと優しい微笑みを浮かべてくれる。
　やっぱり、できない。
　こんないい人に、そんな恩をあだで返すようなことできないよ！
　それに、本人に弱点を聞くのは違うよね。自分で見つけないと、きっと意味ないよ。
　やっぱり難しい問題ほど解くのに燃える！
　もう少し自分で頑張りたい！
　きっと、そのほうが達成感も大きいはず。
「うーん、今思い浮かばないから考えておくね！」
　とりあえず、ご褒美の前に私は勉強するべきですよね。
「そっかあ。じゃあ、勉強再開しようか」
　そう言ってニコッと笑う花那ちゃん。
　私、その笑顔があれば、あと2時間は勉強できる（気がする）！
「よし。じゃあ、キリもいいし科目変えるか。次は英語でどう？」
　五十嵐くんの提案に深く頷く。
「合点承知です！」
　さあ、やるぞー！

私が長い長い英文に苦戦していると、
「あー、腹減った。俺もう無理」
「晴仁くん勉強再開してからまだ45分しかたってないよ？」
　今度は晴仁くんが音を上げた。
　花那ちゃんが時計を見ながら呆れ顔。
「あーじゃあ俺、無理だわ。俺の集中力45分なんだよ。サッカーのゲームだって45分ずつで、前半と後半の間に休憩あんだろ？　俺の体内時計はサッカー中心に回ってんの」
　晴仁くん、『俺、上手いこと言った』ってドヤ顔やめてくれない？
　そんなに威張れることじゃないと思うよ。
「はあー、じゃあその辺でなんか買ってこいよ」
　五十嵐くんがため息交じりにそう言うと、晴仁くんが勢いよく立ち上がる。
「よっしゃー花那、行こうぜー！」
「え！　私も行くの？」
　ええ!?　花那ちゃんも行くのー！
　だけど、止める間もなく、晴仁くんに連れられていく花那ちゃん。
　仕方ない。私は大人しく続きの勉強するとしますか。
　えーっと、なになに。
『It's no use crying over spilt milk.』
　えーっと、spiltは確か"溢れる"って意味だったよね。
　だったら"牛乳が溢れた上には泣くことも使えない"？
　は？　何を言ってんのこの人。意味不明すぎ。

"牛乳が溢れたら、あまりにショックで泣くこともできないほど落ち込む"ってこと？

この人、どんだけ牛乳が好きなんだよ。

牛乳こぼしたくらいで、そこまで落ち込む人、見たことないんだけど。

どこのメーカーが好きなのかな？

私は牛乳ならスイートミルクが好きだけど。話が合う人だといいな。

どっちにしても、それだけ牛乳が好きなら背が高いんだろうな。

「中村さん、大丈夫？」

私があからさまにわからないって顔をしていたのか、五十嵐くんが声をかけてくれる。

「これがわからなくて」

五十嵐くんがわざわざ反対側に回ってくれて、私の後ろからテーブルに手をついた。

覗き込むようにして英文を見ると、すぐに理解したようだった。

「ああ、これはことわざだね」

なるほど、それはわからなくても仕方ない。

「直訳すると、こぼれた牛乳を嘆いても仕方がないってとこかな」

って、まず直訳の時点で違うじゃん。

なんだ、この人が特別に牛乳好きでもないじゃないか。

だったら身長もわかんないな。

あ、身長は関係ないか。
　でも私、ことわざなら得意だよ。
　ことわざ辞典が愛読書……っていうのは嘘だけど、ずっと本棚に飾ってあるからごくたまに読んだりするし。
　とりあえずこの文が言いたいことは、一度起きたことを嘆いても仕方ないってことだよね？
　あ、それならっ！
「覆水盆にかえらず、だよねっ」
　勢いよくそう答え振り返ると、
「そう、正解っ……」
「っあ……」
　すぐ鼻先にある五十嵐くんの整った顔。
　薄く色づいた唇がほんの数センチ先にあって、慌てて目をそらす。
「あの……っ！　ごめん」
「いや、俺のほうこそ」
　顔を背けてもまだ、顔の熱が引かない。
　息が、詰まりそう。
『それじゃあ、柊が有紗ちゃんにキスすればいいんじゃん？』
　ああもう！
　さっき晴仁くんが変なこと言ったから！
　変に意識してしまうじゃないか！
　そんなこと、あり得ないってわかってるのに。
　現実には起こらないって頭では理解してるのに。

こんなに顔が近づいたらどうしたって意識しちゃって心臓がおかしくなる。
　こんなの、ドキドキしないほうがおかしい。
　こんなに近づいたのは、前に廊下で覗き見していたとき以来かな。
　ああもう、お願いだから。
　どうかこの胸の鼓動も顔の赤さも、五十嵐くんに気づかれませんように。
「な、なんか暑いね」
「そ、だな」
　パタパタと制服をあおぐ。
　見苦しすぎる……。
「お茶お茶ーっと」
　少しでも熱を覚まそうと、お茶の入ったプラスチック製のコップを取ろうと手を伸ばした。
　そして、それを口に運ぼうとしたその瞬間。
「っ、あ！」
　盗み見た五十嵐くんと視線が重なり、誤って手からコップが滑り落ちる。
　宙を舞うコップが、まるでスローモーションにみたいに見えるのに体が動かない。
　そのまま、五十嵐くんのシャツに、思いっきりお茶のシミがついた。
「あああ!!」
　spilt！　spiltだ！

一気に顔から血の気が引いていく。
　熱なんて、鳴り響く鼓動なんて、一瞬にして遠くに飛んでいった。
　リアルspiltだよっ！　なんて突っ込んでいる場合じゃない！
「どうしよ、止まれ止まれ！　液体よ、止まれ！」
　私がわけもわからず念じている間も、無情にも薄茶色の液体はどんどんと真っ白なキレイなシャツを浸食していく。
　はっ！　そうだよ、念じてたって仕方ないじゃないか！
　実行に移さねば！
「あーもうっ本当ごめん！　ごめんなさい！　そ、そうだ！タオル、タオル！　私のタオル！」
　急にタオルがあったことを思い出して、カバンから引っ張り出す。
　五十嵐くんの服に手をかけ、シャツのシミをできるだけ丁寧に拭いていく。
　今日に限ってタオル持ってた私、偉い！
「な、中村さん……あの、それ」
「あ、ちゃんと洗濯されてるやつだから安心してね」
　さすがの私も、何日間もタオルをカバン入れっぱなしにはしませんから！
　ああ、王子様のお洋服を汚してしまったなんて、申し訳ないにもほどがある。っていうかファンクラブの人々から吊るし上げられるよ。
　中村有紗、一生の不覚……！

せめてもの罪滅ぼしくらいさせてくださいっ！
「いや！　そういうことじゃ……なくて」
「ほんと大丈夫だよ。すぐ終わるからっ！　麦茶だからシミにはならないと思うんだけどな……」
　こんな時まで遠慮なさらないでくださいな。
　ご迷惑をおかけした私なんぞに、情けは無用！
「いや、そうじゃなくて！　俺が、まずいっ」
　一際大きな五十嵐くんの声が響いた。
『俺が、まずい？』
　どういう意味だ？
　いったん手を止めて、現状を把握する。
　えっと……ブラウスのボタンが第三くらいまで外されて、服がはだけている五十嵐くん。
　しかもそこから少しだけ覗いた肌が、若干濡れていて色っぽいっていうか、なんというか。
　なんか、めっちゃ色気あるんですけど……いったいなんで五十嵐くんがこんな格好に？
「あ、ははは」
　困ったように私を見ながら笑う五十嵐くん。
　なんで、私を見て……って、ん？　ん？　んん!?
　も、もしや！
「もしかして、これ私が!?」
　と、私が言うと曖昧に微笑む五十嵐くん。
　その笑みって間違いなく肯定の意味ですよね？
　私、知らぬ間にこんな格好させてたの!?

こ、こんなんじゃ、私が五十嵐くんを襲っているみたいじゃないか！
　私、何やってんの！
　バカ、バカ！　もっとちゃんとまわりを見ろ、有紗！
　なんで、こんなことになるまで気づかないの!?
「ごごご、ごめんなさい」
　タオルを持った手が震える。
　この行動が自分のしたものだと自覚した途端に、顔に熱が集まっていく。
　どうしよう、私……何してんの。
　そわそわ落ちつかなくて、気恥ずかしさが迫ってくる。
　穴があったら入りたいって、だぶんこういうことだ。
「いや……お、俺、着替えてくるな」
「あ、うん」
　お互い目をそらし、五十嵐くんが逃げるようにして部屋を出ていく。

　ガチャリと扉がガッチリ閉まったことを確認してからふう、と一息つく。
　その途端、顔の熱と胸の鼓動、再来。
　長いため息をつくと、いつもより熱を帯びている。
　ほっぺに手を当てれば、やっぱりいつもより熱い。
「なに、これ」
　まさか、風邪でも引いたわけじゃあるまいし。
　第一、ここ丸３年、風邪なんて引いてない。

だったらなんで……今の私の状態はいったいなんて言うんだよ。
　体の芯から熱されて顔がほてる。
　心拍数も、いつもより明らかに速い。
「もうっ、何これー！」
　そう叫んだところで答えが返ってくるわけじゃない。
　むしろ、答えなんか欲しくない。
　だけど、叫ばずにはいられない。
　ああもう、今日の私、変だよ。
　感情がこんがらがって、わけわかんないし！
　なんかいろいろおかしいし、もう、もう！
「こんなんで勉強なんかできるかー！」
　机に1人、突っ伏した。

忘れ物を取りに行きましょう

「よし、こんなもんでいいだろ」

五十嵐くんの合図で、みんな一気に力が抜けたように伸びをする。

今日は勉強会３日目。

うちの学校は週５日制だから、金曜日から昨日今日と続けて朝早くから夜遅くまでつきっきりで、五十嵐くんに勉強を見てもらっているってわけだ。

五十嵐くんの部屋に連続３日間で通っていたせいで、もはや気分は第二の我が家、と言っても過言ではないほど五十嵐くんの家に詳しくなった。

絆創膏のある場所も、お菓子ボックスの場所も完璧。

そういえば、２日目に美羽ちゃんに会った時、『初めまして』って言われたんだよね。

だから、私もその時はなんとなく合わせて『初めまして』って言ってみたけど、よく考えると初めてじゃないから、あとでＳＮＳで美羽ちゃんに聞いてみることに。

すると、美羽ちゃんからは、私に会うために学校まで来たことを五十嵐くんに言っていないから秘密にしたい、と言われた。

だから設定としては、昨日初めて会ったけど、すごく気が合う友達でいこう！ってことで落ちついた。

ただ、秘密にする理由を聞いたら『いろいろ面倒だから』

と言われて、その『いろいろ』については教えてくれなかったけどね……。
　まぁ、かわいいから許しちゃうけど、かわいいって罪だなぁ。

「いやー、今日1日頑張った！」
　現在時刻は午後7時。
　朝の9時集合ってことを考えると、今日1日は頑張ったって言っても嘘じゃない。
　ぐいーっと腕を伸ばして首を1周グルリと回す。
「えー、有紗ちゃんはしょっちゅう菓子食ってたよな？」
　せっかくいい気分になっているのに、晴仁くんが台無しにしてくる。
「そーいう、晴仁くんこそ隙あらばゲームで羽を伸ばしてたよね？」
「まあまあ。2人とも頑張ったんだしー」
　私と晴仁くんはすぐに勉強に飽きるから、そのたびに花那ちゃんと五十嵐くんのお説教（という名の悟り）が入る。
　今回も例に漏れず仲裁をしてくれる。
　3日間での結論。
　花那ちゃんは、大天使どころか大聖母カナエル様だった。
　でもって五十嵐くんは……体をくるりと動かして五十嵐くんのほうを向く。
「五十嵐くん本当にどうもありがとう！　これでテストいけるよ！」

気がする！　だけだけど。
「それはよかった。中村さんすげー頑張ってたし大丈夫だよ、お疲れ様」
　そう言って、にこりと微笑む五十嵐くん。
　うん、花那ちゃんが大聖母様なら、五十嵐くんは如来様(にょらい)だね。
　もう悟り開いてるよ、この方。
　みんな拝み出すよ。きっとお賽銭(さいせん)もそのうち集まり始めて、そのお金で商売できるよ。
「晴と花那はいいとして……中村さんは帰れる？　送ってこうか？」
　言われて見ると廊下にいるのは私と五十嵐くんだけで、花那ちゃんと晴仁くんはすでに外に出ていた。
「ううん。大丈夫、自転車だし飛ばせば10分くらいだから」
　五十嵐くんの、ありがたーい提案をお断りして私も外に出た。
「じゃ、また明日な」
「有紗ちゃん、柊くん、また明日ねっ」
　2人は家が隣ってこともあって仲睦まじくご帰宅。
　というわけで、
「本当に今日はありがとう！　じゃ、ばいばーい」
　私も自転車に乗り込み、五十嵐くんにお礼を告げる。
「ん、また明日」
　五十嵐くんの声を背中に足に力を入れて、ペダルをこぎ出した。

みんなに別れを告げ、自転車に乗って家へと向かう帰り道。
　凍てつく夜風が頬を撫でていく。
　そんな中、『お疲れ様』って笑った五十嵐くんの笑顔が、私の頭上にぽわんと浮かぶ。
　『中村さん』って呼ぶ声が、耳元で聞こえた気がする。
　これってもしかして。
　私……五十嵐くんのファンになっちゃったのかな!?
　それまでぼんやりとしていた瞳をキッと見開いて、自転車に急ブレーキをかける。
　ここ数日、五十嵐くんと一緒にいたせいで五十嵐くんの溢れる魅力に刺されてしまったの!?
　なんてこった！
　ゆっくりと自転車をこぎ始める。
　同時にライトもつけて必死に頭を巡らせる。
　私、真紀と同レベルなの？
　私もそのうちあの変な規則に則って自分のことお姫様とか言い出すのかな？
　えー、やだなそれは。
　いや、決してファンクラブのみなさまをバカにしているわけじゃないんだけど、やっぱりお姫様はないだろーよ。
　うーん、五十嵐ファンになるかは考えものだな。
　いくら、いい人とはいえ……。
　なんて誰も聞いてなんていないのに１人で弁解をしていると、いつの間にか我が家に到着していた。

自転車をいつもの場所に停めてカギをかけて、そのまま家に入ろうとドアの前に立つ。
　ん？　あれ？
　ない。ない、ないない。ない!!　カギがない！
　ポケット、カバンの中全部どこを探してみてもない！
　家のカギがない！
　なんてこった！
　も、もしかして五十嵐くんの家に忘れてきた……？
　慌てて時計を見れば午後８時現在。
　五十嵐くん家はご飯時かな……うーん、迷惑だよね……。
　でも！　私あれがないと家に入れないし。部屋の明かりが消えてるってことは２人は家にいないってことだし……。
　あ、ていうか、今日お母さんもお父さんも共通の友人の結婚式に出るって言ってた。
　そりゃ家にいないわけだ。
　てことは本格的に家に帰れない。
　一晩野宿することと迷惑をかけることを天秤(てんびん)にかける。
　うん。よし、決めた！
　五十嵐くん如来様、ごめんなさい！
　迷いを振りきり、迷惑承知で来た道を超特急で戻る。
　しばらく歩いたあとに気づいたんだけど私は自転車で行くべきだったよね。徒歩じゃ、どんなに急いだところで自転車の倍近く時間かかるよ。
　息が切れるの、なんのって。
　いくら運動好きの私だって、厳しいものがある。

まあ、あまりに焦りすぎて、戻る時はそんな考えもよぎらなかったんだけどさ。

　なんて後悔しながら、やっと五十嵐くん家に到着。
　もはや気分は富士山に登ったような疲労感だわ。
　石彫りの表札を横目に人差し指に力を込める。
　——ピンポーン。
　私の焦りも知らないで軽快な音なんて鳴らしちゃって！
　と、無害なインターフォンを責めたところでどうにもならない。
『はい』
　あ、よかった。五十嵐くんの声だ。
「五十嵐くん！　あのね、カギの忘れ物なかった!?　あ、こんばんは中村です」
『え？　中村さん、ちょっと待って。そっち行くから』
　いったん五十嵐くんの声が途切れたかと思うと、すぐに五十嵐くん本体が現れた。
「中村さん、どうした？」
　さらに、いつかのスーパーで見た超絶似合う赤いパーカーの部屋着。首にタオルをかけ、若干濡れている髪。
　水も滴るいい男とはまさにこのこと。
　で、なくて！
「あ、っ！　五十嵐くん、もしかしてお風呂あがりでしょうか？」
　風邪引いちゃう！と思って五十嵐くんの答えも聞かずに

ドアを閉めた。
「え!? 中村さん、どう」
「湯冷めしちゃうし、ドア越しで話そう！」
　この距離だったらきっと聞こえるよね。
　湯冷めからの夏風邪は、治すの大変だもん。
「あの」
　五十嵐くんがドアを開いて顔を覗かせる。
「この時間で大声出すと近所迷惑になっちゃうし、とりあえず入って」
　あ、近所迷惑……！
　確かにそれは気がつかなかった。
　ああ、私がどうあがこうが、結局は五十嵐くんに迷惑がかかる。
　あ、今押しかけている時点ですでに迷惑か。
　私って、どうしてこうなんだろうか。
「それで、どうした？」
　扉にカギをかけて、私を見る。
「あの、カギの……忘れ物ありませんでしたか？」
「カギ？　なかったと思うけど……一応、見に行こうか」
　申し訳なさでうつむいて言葉を発すると、五十嵐くんは靴を脱いで部屋がある階段のほうへと歩いていく。
「すみません、お手数おかけいたします」
　深々とお辞儀をして、私もそのあとに続く。
「今日うちに来た時点ではカギあったんだよな？」
「うん。家を出る時にカギ閉め……」

閉めたから。そう言おうとして階段途中で立ち止まる。
　あれ、今日って私……。
「あああ‼」
　五十嵐くんがギョッとしたように振り返る。
　今日の朝の私を思い出して、私の顔から血の気が引いていく。
　そうだ、私、今日は！　今日は……。
「カギ、持ってきてない。……だから五十嵐くんの家にあるわけないんです！　本当ごめんなさい！」
　ここが階段じゃなければ本気で土下座したい！
　勝手にここにあると勘違いして焦って押しかけて探させて！　なんて迷惑なヤツなんだ。
「ん、持ってきてない？」
　ああ、もう本当に申し訳ない……。
「あの、私、今日家を出る時にお母さんがいて、カギ閉める必要なかったんで持って出かけなかったんです。だけどよくよく考えると帰る時には両親は出かけてる時間だから、カギ持って出なきゃいけなかったんです！」
　なんたることだ！
　落ちついて考えたらすぐわかることなのに！
　焦りすぎてカギを持ってきたと疑わなかった数十分前の自分を殴ってやりたい。
「なるほど、てかなんで敬語？」
「いや、もう申し訳なさすぎてですね……」
　私が地の果てまで落ち込んでいると、ふと五十嵐くんが

思い出したように顔を上げた。
「中村さんはこれからどうするつもり？　もう夜遅いし、ご両親は何時ごろ帰ってくる予定？」
　これから……あそっか、カギがないってことは家に入れないのか。
「あ、えと、今日は2人とも共通の友人の結婚式に出てるから泊まってくるみたいで……」
　できれば野宿だけは避けたい。
　夏はまだしも冬の野宿は本気で凍えそうになる。
「ってことは帰ってこないの？」
　お風呂あがりのせいか、いつもより長い前髪から不安そうな瞳が覗いてる。
　これ以上、迷惑かけるわけにもここに居座るわけにもいかないよね……！
　時間も時間だし。
「でも大丈夫だよ！　家には入れなくても、おばあちゃん家に行けば泊まれるし」
「中村さんのお祖母さんの家って近所？」
　うわ、何この鋭い切り込み。
　絶対遠いのがバレてるんだろうなと思いつつ、
「え、あっとーうん！　まあ、大丈夫だよ」
　誤魔化してはみるものの……。
「中村さん。どこ？」
　ああ、五十嵐くんが爽やかな笑顔で圧力をかけてくる。
「……隣の県です」

結局、素直に言うことしかできない。
　爽やか笑顔には、こんな効果もあったのか。
「今から行ったら時間も金もかかるよ」
「いや、でも大丈夫だよ！　私、健康だし、1日くらい公園で寝てもここ日本だから安全だし……とりあえず今日はありがとう！　また明日」
　もはや、こうなったら仕方ない。
　できるだけ温かい寝床でも探そう！
　そう思って一刻も早く立ち去ろうと背を向けた、その時。
「待った」
　右の手首を強い力で五十嵐くんに掴まれる。
　反射的に立ち止まって振り返ってしまう。
「あ、いや。その……公園はさすがにまずいから、中村さんがよければなんだけど、その……」
　五十嵐くんにしては珍しく歯切れの悪い言い方だ。
　お風呂あがりだからか、熱を帯びた手のひらから伝わってくる五十嵐くんの体温。
　心なしか、心拍数も速い気がする。
　体中がその部分を中心にして、じわじわと熱されていく。
「うちに泊まっていかない？」
「え？」
　突然、後ろから聞こえてきた五十嵐くんよりワンオクターブほど高い柔らかな声。
「って、お兄ちゃんは言いたかったんだと思うよ！」
　視線を向ければ、ニコニコとなんともかわいらしく笑っ

てる美羽ちゃん。
　ピンク色のモコモコの服が似合いすぎている。
　おそらくこれが部屋着なんだろうけど、あまりのかわいさに到底部屋着には思えない。
　女子力が高いとは、まさにこのことだよね。
「勉強会も兼ねて、ね！　有紗ちゃんはお兄ちゃんと夜遅くまで勉強して、寝る時になったら私の部屋で寝ればいいんだよっ！　どう素敵じゃない？」
　ここ３日間で、勉強も教えていただいてる上に泊まりとなると……。
「さすがにそれは迷惑じゃ……」
「お兄ちゃんっ、いいよね？」
　美羽ちゃんは五十嵐くんに向けて跳ねるようなキラキラ笑顔を浮かべてる。
「いや、いいっていうか……中村さんさえよければの話なんだけど」
「じゃ、決定！　やったー！　ね、有紗ちゃんとお泊まり会しよ」
　美羽ちゃんは私の両手を掴んでぶんぶん上下に振る。
「美羽、中村さんは遊びに来たんじゃないんだからな」
「わかってるもーん」
　美羽ちゃんは私を泊まらせる気満々みたいだけど……。
「いや、でもやっぱり泊まりは迷惑だし……」
　それに五十嵐くんは本当に快く思ってくれてるんだろうか？と思って、ちらりと五十嵐くんを見ると目が合ってし

まった。
「困ってる時はお互い様だろ？　でももしそんなに気になるなら、前に美羽が風邪引いた時に黙っててくれたお礼とでも思っといてよ」
　そんな優しい笑顔と言葉かけられたら……。
「……うん、ありがとう」
　としか言えなくなってしまう。
　断れないようにそんなこと言ってくれるなんて、相変わらず優しさしかない。
「よしっ、じゃあご飯食べよっ」
　相変わらずふわふわ笑顔の美羽ちゃんに手を引かれ整ったテーブルまで連れられる。
「あ、でも私、歯ブラシとか持ってない……」
　制服は着ているから明日の服には困らないんだけどさ。
　やっぱり虫歯になるの嫌だし。もっと言うと虫歯を治療するの嫌だし。
「大丈夫だよー！　歯ブラシなら予備のいっぱいあるし服だって何か貸すし。有紗ちゃんは制服を着てるし明日の服は心配ないよね？　それからっ」
　美羽ちゃんが背伸びして私の耳に口を近づける。
「下着類もちゃんと新品のやつあるから安心して？」
「う、うん。ありがとう」
　さすが五十嵐くんの妹、私の言いたいことを速攻で読み取ってくれる。
　すべてにおいてしっかりしていらっしゃる。

やっぱり兄妹だねー、すごいわ。
　でもまあ、今日が日曜なの忘れて制服着てきちゃったんだけど、それがまさかこんな形で役に立つとはね。
　人間、何が起こるかわかんないもんだね。
　朝、制服を着た私を褒め称えてやろう。
　と、その前に。
「え、えっとじゃあ……本当に、いいの？」
　最終確認をしようと五十嵐くんへと目を向ければ、
「もちろん」
　いつものように優しく笑っている。
　ああ、やっぱり如来様だ！
　如来様がここにいるよ！
　拝んどこ、どの神様よりも絶対に御利益ある。
　なんで五十嵐くんは、こんなに優しさでできているんだろう……。
　今度、日を改めて菓子折り持って感謝の念を伝えに伺わなきゃだね。
　よし。
　足を揃えて背筋を伸ばし、
「一晩だけ、お世話になります」
　独り言のように呟いてそっと頭を下げた。

一晩お世話になりましょう

　美形兄妹に囲まれながら夢のような空間での夕飯を食べて、ちょうどいい湯加減のお風呂もいただき大満足……いや、もうこの上なく幸せです。

　体も心もぽかぽか気分、ああ幸せだー！と思いながら脱衣所を出る。

　廊下に出てのほほんとしながら、今日ここに来てからのことをぼんやり思い出す。

　私がお邪魔した時はちょうどご飯タイムで、恐れ多くも美しいお２人と一緒に食事をいただいてしまった。

　ちなみに五十嵐くんがご飯を作る担当で、美羽ちゃんが片づけ担当らしい。

　まあ、言うまでもなく想像はつくと思うんだけど……料理のクオリティが高すぎた！

　この日の献立は筑前煮と味噌汁と卵焼きっていう、ごく普通の家庭料理。

　にもかかわらず！

　普通の家庭料理、なのに!!

　おいしいのなんのって！

　もうこれは家庭料理の域を超えて、高級和食店で出せるよってくらいにおいしかった。

　別に私のお母さんの料理が下手なわけじゃないんだけど、ただもうひたすらおいしいの。

こんなの毎日食べてたら、絶対に美羽ちゃんの舌はこえるよね。
　たぶん上京してきた若者にこの料理食べてもらったら、百発百中で『お袋ぉおおー!!』って泣き出すね。
　本当に商売できそうなくらいね。
　なんか五十嵐くんって王子様イメージが定着してるから勝手にコース料理でも出てくるのかと思ってたけど、それはなかったね。
　まあお袋の味を普通に再現できてしまう五十嵐くんもそれはそれでいつもながら超人なんだけどさ。
　突然来て何もせずにタダ飯をする、なんとも迷惑極まりなかったから、私もせめて片づけくらいは……！と思って手伝おうとはしたんだけど……。
　『有紗ちゃんはお客さんだから』っていう美羽ちゃんの笑顔にやんわり断られてしまった。
　こういうところ、五十嵐くんにそっくり。
　で、美羽ちゃんにお風呂に連れられ貸してもらって今に至る、と。
　窓の外に目を向けると、真っ暗な空に細々とした街灯が見える。
　木の葉が揺れて、寒そうな風が吹いている。
　ここで野宿とか、割と自殺行為だったわ。
　あの時、家に泊めてくれた五十嵐くんに改めて感謝しなきゃね。
　なんて思いながらゆっくりと階段に足をかける。

こんなことしているとテストのことなんて忘れちゃいそうだけど、明日からテストなんだよね。
　私が今五十嵐くんの家にいるの、すごく違和感あるし夢なんじゃないかとか疑うけど。
　いや、でも明日からテストだしこれも現実なんだよね、たぶん。
　階段を上りきった目の前にある、青文字で【SHU's ROOM】と書かれたドアを開く。
　お風呂あがりにはちょっと暑いくらい、暖房がきいた乾いた空気に包まれる。

「あ、中村さん」
　五十嵐くんが私に気づいて、床の上に座って勉強していた手を一度止めた。
　相変らずの目尻が下がった優しい瞳に、いつもと違う少しの違和感……と思ったら、
「あ、五十嵐くん、メガネかけてる！」
　なんと青縁メガネのインテリイケメンに早変わり！ってわけでね。
　さすがだ、どんなアイテムも着こなせる五十嵐くん。
　これでブロマイド売ったら１枚千円はかたいな。
　だって、ファンクラブの人々が殺到するところが容易に想像できるもん。
「これな、俺、実は目が悪くてさ。風呂あがったあとはいつもメガネなんだ」

なんだか照れたようにはにかんで、メガネをかけ直す仕草を見せる五十嵐くん。
　しかも、下から見てくるから上目づかい。
　ん？　あれ？
　なんか珍しいっていうか、いつもと違う五十嵐くんに見つめられると、その……なんていうか、心臓のあたりがキュッとするっていうか、なんとなく心がそわそわする。
　なんだこれ。
　あ‼
　もしかして、これが俗にいうギャップ萌えってやつ⁉
　いつもと違うレアな五十嵐くんに萌えーみたいな！
　なるほど、私はメガネに萌えるのか。
　私の好みは、メガネをかけた人かもしれない。
　ギャップ萌えなんて初めての体験で、すぐにはわからなかったよ、貴重な体験させてもらったな。うん、うん。
　っていうか、五十嵐くん！
　視力までは完璧ではなかった……！
　これって結構大切なことだよね！
　すごい！　弱点になるかわからないけど、
『五十嵐くんの視力は悪い』
　これはノートに記しておくべき素晴らしい発見だよ。忘れないうちに書かないと‼
　さっそく書いておこうと自分のカバンをあさりながら、昼間と同じ五十嵐くんの対称の位置に座った。
　あれ、私、今日ノート持ってきたっけ？

なんかないようなーと思いながら探していると、五十嵐くんが「あっ」と何かに気づいたように小さく口を開いた。
「あのさ、その服ってもしかして……」
　あ、そうだ言い忘れてた。
「あこれ、五十嵐くんの昔のジャージらしくて……ごめんやっぱ嫌、だった？」
　最初は美羽ちゃんが自分の服を貸してくれようとしたんだけど、さすがにサイズ感が違って諦めざるを得なかった。
　で、五十嵐くんの現在の服じゃブカブカだし無理があるってことになって、美羽ちゃんと相談した結果、最終的に五十嵐くんの中学生のころの服ってことで落ちついた。
　そう。
　私と美羽ちゃんの間では確かに落ちついたんだけど、当の本人である五十嵐くんにはまったく許可を取っていないわけで……もし私になんか貸したくなかったとかだったらどうしよう。
　如来様の五十嵐くんのことだし、お前にやる服なんてないとかは絶対言わないと思うけど、それでも嫌だったらこの服はお返ししないとだよね。
「いや、俺は全然いいんだけど……なんつーか、その、昔の服だし、そんなキレイじゃないけど、いいの？」
　申し訳なさそうにうつむきがちになる五十嵐くん。
「大丈夫だよ！　着替えを借りられただけで幸せだし。っていうか五十嵐くんと同じ匂いに包まれてうれし……」
　やばい。

私、今、変態みたいなこと言いかけたよね？
　無意識だ！　変な意味は含んでない！
　嫌じゃないって意味だったんだけど……。
　だけど、あああ！
　ほら、五十嵐くんも気まずそうに目をそらしてるよー！
　もう、私が変な言い回しするから！
　は、早く撤回しないと……！
「ご、ごめん！　とにかくちゃんと洗濯されててキレイだし……柔軟剤！　柔軟剤のいい匂いするから大丈夫だよ、ありがとう」
「あ、うん。それなら、よかった」
　そう言って五十嵐くんは視線を勉強道具に向けた。
　よし。ひとまず落ちついた。
　はい、おっけー！　解散！
　って、そんなわけないですよねー!!
　自分の勉強道具を探すふりしてちらりと五十嵐くんを見れば、動揺したように目が泳いで、勉強なんかに集中してないこと一目瞭然。
　ああーもう絶対に引かれた!!
　だって五十嵐くんと同じ匂いで喜んでいるとか、もはや変態か五十嵐くんのストーカーじゃん。
　そりゃびっくりもするし顔だって火照るわ。
　どうして私はこう、いらんことばっかり言ってしまうの。
　考える前に言っちゃうクセ、やめたい。
　はあ、ダメだ。

もうこうなったら仕方ない。この場合は水に流して忘れよう。

集中、集中……！

きっとそうすれば気にしないで済むよね。

よし、気合いだ気合いだー！

なけなしの集中力で頑張るぞ！

心の中で拳を突き上げて、私も教科書に目を向けると、ああダメだ。

私の最大の敵、数学が牙をむいていました。

数学以外はなんとか解けるようになってきたけど、後回し後回しにしてきたせいで数学だけはできないに等しい。

それを証拠に、教科書もノートも何が書いてあるか、さっぱりわからない。

もう眩暈してくる。

だいたい$\sqrt{}$とかΣとかどこの言葉だよ、変な記号見せられたってわかるわけないじゃないか。

数学の先生ってこんな記号見て楽しいのかな、ていうかこれをまず日本語だと信じて解いてるのがおかしい。

残念だけど私とは一生わかり合えないな。

「中村さん、大丈夫？」

はっ、またか！

いい加減、本物のバカだと思われるよ私。

実際バカだから否定しようもないし！

「あの、ほんとーに！　申し訳ないんですけど……この記号について教えていただけますでしょうか？」

さっきまで私のせいで気まずい空気にさせてしまったのに、またまた迷惑をかけてしまうなんて本当に情けない。
　この際、恥を捨てたほうがいいかな。
「あー、数学か。むずいよな」
　私の横にやってきて教科書を覗き込む。
　みなさん見てください！
　私が散々迷惑かけても優しく接してくれる、この寛大さ！
　ああ、なんて素敵な如来様なんだ。
　私も少しは見習わないとだよ。
「ああ、これか……」
　教科書を見つめ、公式らしきものを呟いている真剣な表情をした五十嵐くん。
　こうしてると否が応でもこの間の、五十嵐くんと２人きりだった時のことを思い出してしまう。
　いったん意識し始めると、そのループから抜け出せなくなる。
　それにさっきの五十嵐くんの匂い発言もあったし、なんかそわそわする……って！
　この間と状況はまったく違うんだからドキドキしてどうするの！
　今日は飲み物こぼす心配もないんだから、むやみにドキドキするな私の心臓。
　私はこれから真面目に勉強するの！
　ここには勉強するために来たんだから、それ以外は忘れないと。

煩悩よ、去れ!!
「中村さん、まずシグマとルートって言葉は知ってる？」
　トントン、と五十嵐くんのキレイな指が教科書の意味不明な文字を指している。
「あ、はい……そうだ！　これ（Σ）シグマって読むんだ！」
　その言葉なら知ってる！　忘れてただけだ！と、うれしくなって勢いよく顔を上げる。
「あ……」
　その勢いのせいなのか、プツリとビニール製の髪ゴムが切れて１つにくくっていた髪がハラハラとほどけた。
　ああ！　この髪ゴムがもろいのは知ってたけど！
　せっかく美羽ちゃんにもらったのに、私の髪が剛毛なせいで切れたじゃないか。
　代わりのも髪ゴムもないしな……はー、仕方ない。ツイてないなー。
　あんまり好きじゃないけど、首にタオルかけて自然乾燥するのでも待つか。
「あの中村さん髪、乾かした？」
　視線の先には私の濡れた髪があって、表情は厳しい。
　もしかしてあの寛大な五十嵐如来様がお怒りですか!?
「あーっと！　ごめんなさい！　私自然乾燥タイプの人でして、五十嵐くんそういうのダメでしょうか？　嫌なら速攻で乾かして参ります!!」
　あなた様の言うとおりにしますので、どうか追い出すのだけは勘弁を……！と私が祈っていると、五十嵐くんは口

に手を当て、少し考えたあとで、
「……いや、いいよ。ただ風邪引かないでな」
　一瞬、困ったように微笑んだ。
　あ、心配してくれてたのね……！　相変わらず優しいな。
「ありがと、でも私、高校に入ってから風邪引いたことないし大丈夫！」
　それにこの部屋は温かいし、こうやってればすぐに乾くと思う。
　私は元気である証拠を見せようと、できる限り満面の笑みを浮かべた。
「っ、はあー……なんなんだよ」
　五十嵐くんが天を仰いで腕で顔を隠した。
　ため息交じりに聞こえた言葉。
　低く低く、数秒たったら消えてしまいそうなくらい小さな声。
　私に聞かせる気なんてなかったのかもしれないけど、私の耳にはしっかり届いてしまった。
　ドクンドクンと心臓が脈を打つ音が体中に響く。
　それが驚きか戸惑いかなんなのかはわからない。
　珍しく焦りのような困ったような、五十嵐くんの声を聞き逃せなかった。
「え、っと……」
　私の口から出た言葉はたったそれだけ。
「俺のこと、菩薩(ぼさつ)か何かだと思ってる？」
　一瞬、五十嵐くんの伏し目がちな目が黒く光る。

キレイな瞳が私を横目で覗いてる。
　無意識に視線をそらす。
　こんな五十嵐くん、知らない。
　そんな真っ直ぐな瞳で見られたら、心の中を見すかされそう……。
　勝手に話し出してしまいそう。
「あ、の」
　細々と言葉を発して、決心して五十嵐くんの瞳を見つめ返す。
「菩薩っていうか……如来様、みたいだと思って、ます！」
　菩薩よりも如来のほうが偉いんだって、日本史の先生が言ってた。
　だから、もし五十嵐くんが仏像になるなら絶対に如来様だと思うんだ。
　鳴り響く鼓動は消えなくて、時計の秒針と混ざり合ってわからなくなる。
「そういう意味じゃ……」
　五十嵐くんの声は少し掠れて聞き取りにくい。
　何かを言いかけてそれから、はーと深くため息をつく。
　期待か緊張か、わからない感情が入り交じる。
「なんで俺ばっかり、あー、っとに！」
　急な大声に、思わず体がビクッとなる。
　五十嵐くんが無造作に髪をかき上げて下を向く。
　静かな空間に五十嵐くんの声が響く。
「ごめん、気にしないで」

迷いを振りきるように、いつもみたく爽やかににこりと微笑む五十嵐くん。
「え？」
　気にしないって……え？
　突然の言葉に頭が追いつかない。
　ど、どういうこと!?
　五十嵐くんの笑顔にちょっと場が和んだ、次の瞬間。
「でもさ、中村さん。気をつけたほうがいいと思うよ」
　五十嵐くんが近くにあったタオルを私の頭にパサリとかけた。
「わ!?」
　ふわりと香る、ジャージと同じ柔軟性のタオルに視界を遮られる。
　そのままタオル越しに髪をくしゃくしゃっと二度ほど触られる。
　五十嵐くんお得意の優しい手つきじゃなくて、いつもよりちょっとだけ荒っぽい。
　怒っているとは違うけど、いつもの優しい感じとも違う。
　けど、嫌じゃない。
　なんだろう、これ。
　直接触れられているわけじゃないのに……なんでこんなに……。
「俺だって何もしないとは限らないから」
　耳元で、その言葉を残して部屋の外に出る。
　え、え、嘘。今の五十嵐くんが言ったの？

思考が一瞬、止まる。
だって普段そんなこと言う人じゃないし。
何、それ。
何もしないって、それは何かしようと思っていたってことなの？
タオルあってよかった。顔が見えなくてよかった。
だってこんなの、鏡を見なくたってわかる。
私、今……絶対に顔が真っ赤だ。
なんでもなかったようになんて、そんなの……。
できるわけない。
今日の五十嵐くん、五十嵐くんじゃないみたいだった。
でも、あの言葉は間違いなく五十嵐くんから発された言葉だし……『俺だって何もしないとは限らないから』。
もう、どうして頭からまとわりついて離れないの。
気にしない、わけないじゃん。
五十嵐くんが言ったこと全部、心の奥底にまで沈んでくるよ。
あんな言葉を言われて気にするなとか無茶言わないで。
エアコンのきいている音、乾いた空気、火照った顔に鳴り響く言葉。
私、この前からずっと……。
五十嵐くんと2人になるたびにどうしたらいいかわからなくなる。
鼓動が乱れて、目が会うたびにそらしたくて。でも、やっぱり見つめてたくて。

上手く、言葉にできないの。
　訳がわからなくて、また叫びそう。
　でも、叫ぶ言葉が見つからない。
　目の前が見えないから、五十嵐くんの表情を自分の都合のいいように想像してしまう。
　私は今、何を思っているんだろう。
「はあー」
　天を仰ぎ深く深く息を吐いた。

キミはいつだって

【柊side】
「はあーー」
　廊下に出て第一声は、ため息。
　あんなのため息くらいついてしまう。
　頭の中でさっきの出来事すべて思い出す。
『菩薩っていうか……如来様、みたいだと思って、ます！』
　中村さんの信用しきったあの瞳。
　まっすぐで、キレイで。あんな目で見られたら言おうと思っていたことすべて言えなくなってしまう。
　いつだってそうだ、中村さんは。
　人を疑うことをまったく知らないかのように無防備で、隙を見せてくる。
　そんな隙を見せられたら、隙をついてしまいたくなる。
「菩薩なんかじゃねーよ。俺だって男だよ」
　さっき発することのできなかった言葉を、今になって言ってみても届かない。
　まず風呂あがりのあんな無防備な状態で男の部屋に来るとか、ましてや男と２人きりになるとか。
　どれだけ危機感ないんだよ、中村さんは。
　もうちょっと自覚してほしい。
　濡れた髪がほどけたままとか、化粧を落としたキレイな肌とか。

……髪から香る俺と同じシャンプーの香りとか。
　極めつきには俺のジャージなんか着てるし！
　あー！　もう、なんなんだよ！
　そんなん誘ってんのかと勘違いする。
　相手は中村さんだってわかっている。
　誘ってるわけじゃなくて、ただ髪を結ぶのが面倒だったとか着るものがなかったとか。
　そんな単純な理由だって、俺にとってそれは単純な理由では済まされないんだ。
　無意識で、俺をどうにかしたいとか思っているわけじゃないって知ってるよ。
　それなのに、どうしたって、さっきの中村さんが頭の中に現れる。
　満面の笑みだって、狙ってるの？
　って思わせるほど……かわいいし、あのタイミングで笑うのは反則だろ。
　本当にずるい。
　でも、それを面と向かって『ずるい』と言える勇気は今の俺にはなくて……。
　だから、こう思うことしかできず相手には伝えられない。
　これを……俺の嫌な部分をやめたくて……中村さんみたいに……と思いかけてやめる。
　俺が、あんなふうになれるなんて不可能に近い。
　彼女はいつも、眩しくてキラキラしていて……。
　そんな彼女のような存在になるのは、俺にとって奇跡み

たいなことだってわかっている。
　それでも中村さんを見ていると、思わずにはいられない。
　中村さんといると、今まで自分の中になかった感情がふつふつと湧いてくる。
「はぁ……」
　いつまでもこうしているわけにはいかない……と思い直して、ため息をつきながら部屋の扉を開く。
「はあー」
　思わず、またため息が出た。
　扉を開くと、そこには寝ている中村さん。
　まるで自分の家にいるかのように、気持ちよさそうに寝息を立てている。
　だから、なんでそんなに無防備なんだよ。
　そのまま寝たら風邪を引くよ……と思いながら、近くにあった毛布をそっとかける。
「ん……」
　すると、中村さんが少し動いて声を漏らした。
　その拍子に、髪がはらりと一筋こぼれ落ちる。
　髪を見つめ、いつもより幼く見える寝顔を眺める。
　……かわいい。
　心の中でなら、いくらでも言える。
　まつ毛、長いんだなぁ。
　吸い寄せられるように、そっと手を伸ばす。
　これくらい、いいよな？
　髪に触れ、耳にかける。

そのまま……。
「これくらい許してください」
　なけなしの弁解とともに右まぶたに触れた。そして、そのままなぞるように頬へと手を移動させる。
　きめ細かな白い肌は、火照っていて温かい。
　ほんのり色づいていて、なぜだかすごくいけないことをしている気分になる。
　それでも一度触れてしまったら、まるでそこが落ちついたかのように手が離せない。
　ずっと触れていたい……。
　気づけば、彼女の顔を間近で覗き込んでいた。
「ふふ……」
　中村さんが、ふわりと笑って我に返る。
　何をしているんだ、俺は。
　伸ばしていた手を引っ込め、自分の額に当てる。
　落ちつけよ。
　自分が今、何をしようとしたかわかっているのか？
　ちらり、と中村さんを見れば、彼女はまだ微笑みを浮かべている。
　あー、またた。いつも俺ばかり。
　キミの笑顔で、俺がどれほど焦るか知らないくせに。
　ずるいのはキミばっかりだ……。
　ドキッとさせられるのも、予想外なことをされるのも、中村さんにとってはなんてことないことも、俺にとっては一大事で……。

キミはいつだって無意識で、無防備なんだ。
「ほんと、勘弁してください」
　ため息まじりに言ったところで、中村さんに届かないのは承知の上。
　それでも、そう言わずにはいられなかった。
　あまり、俺を翻弄しないでくれよ……。
　そう思いながらも、どうしても名残惜しくて、最後にもう一度だけ彼女の頬に触れた。

リビングに行きましょう

「……ん、あーよく寝た、ふああ」
　まだ寝ぼけている頭を叩き起こすと、自然とあくびがこぼれた。
　ぼやけていた視界が段々とはっきりしてハッとする。
「って、っやば！　私、寝ちゃったの!?」
　明日テストなのに!!
　っていうか、もしかしてもう今日になってる!?
　時計、時計はどこだ！
　机の上に乗っている体を勢いよく起こすと、背骨がゴキッと鈍い音を立てる。
「あ、たたた！」
　私の至るところの骨が音を立てている。
　なんで私、机の上で寝ちゃってんだ？
　そりゃ体のあちこち痛いわけだよ。
　それに私、口を開けて寝る癖があるから、口も乾燥してパサパサだし。
　これじゃ喉を痛めて、私の美声も出なくなっちゃうじゃないか。
　あーあ、ほっぺたにも寝あとついてそうだな。
　あ！　時計発見ー！
　もしかして学校が始まっている時間じゃないよね？
　と、不安を抱きつつ机の上に置いてあるデジタル時計を

見れば、ＡＭ６：22を示している。
　よかった、学校どころか起きるにはまだ早い時間帯だ。
　で、えーっと。私は今なぜこの状況なの？
　昨日は確か、五十嵐くんの家にお世話になって泊まらせていただいたんだよね。
　で、夜は五十嵐くんの部屋で勉強して、寝る時は美羽ちゃんの部屋でって話だったんだけど……軽く部屋を見回してみる。
　ここ、絶対に美羽ちゃんの部屋じゃないし、見覚えがあるからきっと五十嵐くんの部屋で間違いないと思う。
　でもって最後の記憶が数学の問題集が解き終わったところだから……あ!!　そういうことか！
　なるほど、五十嵐くんの部屋で勉強してたら寝落ちしたのね。
　納得納得、謎は解けた。ひと安心。
「んー」
　いい音！　気持ちいいー！
　腕を回して、伸びをするとポキポキと関節が爽快な音を立てる。
　と、床にパサリと何かが落ちた。
「あれ？　これって」
　茶色のフリースのブランケットを手に取る。
　あー、それで。
　なるほど、あったかいわけだ。
　五十嵐くんが、かけてくれたのかな？

そう思うと、なんだか手放しにくくなる。
って、あれ、そういえば当の本人、五十嵐くんは?
ここ、五十嵐くんの部屋だよね?
あれ? 起きてから一度も見かけてないよね!?
さっき、ひととおり部屋の中を見たはずなのに!
誰もいない!!
うわどうしよう、これって絶対に私がここで寝ちゃったせいだよね。
絶対に気をつかってくれちゃったパターンだよね?
五十嵐くんの部屋なのに、五十嵐くんを追い出すなんて図々しいにもほどがある。
とりあえず、五十嵐くんに謝らないと。
探しに行かなきゃ!
リビングにいるかな?
できる限りドアをそろりと開けて、足音を立てないように廊下に出る。

——ギシ。
ひいいい!!
静かに! Shut up! シャラップ!!
廊下よ、五十嵐家のみなさんを起こしちゃうから!
ゆっくりゆっくり1歩ずつ確実に下りていく。
頼むから軋(きし)んだ音出さないでくれよ。
無駄に肩に力が入って息苦しくなってきた。
忍び込んだ泥棒並みの緊張感を持ちながらも、なんとか

階段を下りきった。

　ふうーと、かいてもいない汗をぬぐってみてからリビングのドアを開く。

　やっぱり誰も起きてなくて、まだ電気が灯されていない。

　一応、太陽は昇ってるわけだから何も見えないほど真っ暗ではないけど、それでもこの時期は電気をつけないと暗く感じる。

「あ……」

　朝ご飯、用意されてる！

　昨日夜ご飯食べた机の上に、サラダとベーコンエッグと食パンがラップをかけて置いてある。

　五十嵐くん……の、お母さんかな？

　五十嵐くんによると、朝ご飯はお母さん、昼ご飯は各自で、夜ご飯は五十嵐くんが用意することになってるって聞いた。

　ご両親は昨日夜遅くまで出かけてたらしく、今日は朝早くから出勤だったから結局会えなかったんだよね。

　残念だなー、お礼を言いたかったのに。

　五十嵐くんが電話したら、私が泊まることも快く許可してくれたみたいだから。

　なんてお優しいんだろうか。惚れちゃうよ。

　それにしても、どんなに時間がなくてもご飯を用意しておいてくれるなんて素敵すぎる……！

　そりゃこんな家庭で育ったら、こんな素敵な兄妹に育つわけだわ。

「ん……？」
　と、ふと違和感を覚える。
　なんだろ、あれ。
　テレビ横の棚に生けられているお花。
　それ自体はまったくおかしいことはないんだけど……なぜかお花は花瓶ではなく栄養ドリンクの瓶に生けてある。
　さすがは五十嵐くん、華道まで極めていらっしゃるとは。
　これをさっそくノートに書かなければ……じゃなくてですね。
「んー」
　こんなの昨日は気づかなかった。
　ジーッと観察してみる。
　確かに瓶に布を張ってオシャレにしてあるには違いないけど、もっといいやつあるはずなのに。
　なぜに栄養ドリンクの空き瓶？
　なんていうか、これだけこの家の雰囲気に合ってない。
　他は木を基調としたお部屋なのに、なぜか不思議な空き瓶の存在。
　もしかしてエコ活動を行っているとか？
　空き瓶1つでも無駄にしない、みたいな？
　まあそれならわかるけど。
　五十嵐くんが慈善活動とか普通に似合うし、将来はユニセフ募金とか行ってそうだし。
　でもまあ、その前に五十嵐くんがお花を買ってきたとは限らないか。

お花なら美羽ちゃんのほうが似合うもんね。
　でも、やっぱりなんで空き瓶？
　まさか花瓶が買えないってわけではないだろうし。
　なんて自問自答を繰り返していたら、リビングのドアが音を立てて開いた。

「あれ、有紗ちゃんだったのー？　早起きだねーふああ」
　そこから眠そうな美羽ちゃんの姿が現れた。
「あ、美羽ちゃんおはよ。ごめん、起こしちゃった？」
「ううん。大丈夫」
　にこり、といつもの優しい笑顔を見せてくれる。
　ああ、朝から超絶かわいい。
　幸せをありがとう。
　そんな美羽ちゃんは私の視線に気づいたのか、大きくくりっとした目を２回瞬きさせてから小さく「あっ」と、こぼした。
　何か、知っている感じ？
「ねえ、美羽ちゃん。これなんで花瓶じゃなくて空き瓶なの？」
　あっと、呟いた口を一度手で塞いでから言いにくそうに言葉を紡ぐ。
「えっと、それは……お兄ちゃんが」
　モゴモゴと口を動かして視線が泳ぐ。
　でも今、お兄ちゃんがって言ったよね？
　私、聞き逃さないよ。

「五十嵐くんなんだ、これ」
　五十嵐くん、本当に慈善活動でもしてるの？
　なんて思っていたら、
「有紗ちゃん、あのね！」
　美羽ちゃんが突然私の手を強く握って、真剣な目で見つめてきた。
「う、うん。どうしたの？」
　中1に迫力負けするって高2としてどうなんだろうか、という考えが一瞬頭をよぎったけどすぐに諦める。
　だって五十嵐くんの実の妹だもん。敵うわけない。
「それね！　その瓶ね、有紗ちゃんがお兄ちゃんにあげたやつ、なんだよっ」
　キュッと一度強く私の手を握り、こくりと頷く。
「え……」
　なぜかガンッと頭を撃たれたような感覚。
　それから心拍数が上昇する。
　私があげた、やつ？
　それは……えっと、いつのことだ？
　五十嵐くんに関する情報を脳内で検索をかけて、引っ張り出す。
　と、1つの記憶と合致する。
「あ、もしかして美羽ちゃんが風邪を引いてた時の？」
「それ！」
　ぱあぁっと、うれしそうに咲く美羽ちゃんの笑顔。
　かわいい！　めっちゃかわいい！

でも、なんで？
　栄養ドリンクなんてそんなに珍しいものじゃないのに。どこにでも売ってるものなのに。
　どうして？　飾る必要なんてないよ。
　五十嵐くんにはもっと素敵なもののほうが似合うのに。
　高級な花瓶のほうが格段に似合うのに。
　どうして、わざわざ空き瓶なんか……。
「有紗ちゃんがくれたから、だよ」
　私の疑問を見すかすような、美羽ちゃんの瞳。
　ふわりと笑う美羽ちゃんに、なぜかドキリと心臓が跳ねた。
　だって、その優しい目尻はまるで……。
「ん、美羽？　……あ、中村さんも」
　突然どこからか聞き覚えのある声が聞こえてきて……って、えええ!?　五十嵐くんなんでここで寝てんの！
　と思って声がするほうを見れば、リビングにつながる和室の扉が少し開いて五十嵐くんが顔を覗かせている。
　もしかして、一晩そこにいらっしゃったの？
　あ、そうだよ!!　まずそのこと謝らないと！
「あの、五十嵐くんごめんなさい！　私のせいでこんなところに追いやってしまって……」
　深々と謝る気持ちを込めて頭を下げる。
「ああ、大丈夫だよ。俺たまにここで寝てるし。それよりも中村さんが……っ！」
　私がゆっくりと顔を上げると、ばっちりと瞳が合ってし

まった。
　コンマ０秒の速さでお互いに目をそらす。
　昨日の今日じゃいくら寝たって、さすがに忘れられない。
　きっとそれは五十嵐くんも同じで……そうだ、だって私昨日のこと考えて気づいたら寝てたんだもん。
　ため息交じりにぽわんと浮かぶ五十嵐くんの言葉。
　あの、一晩忘れられなかった言葉がよみがえって必死に追い払う。
「で、でさ！　２人ともなんで手、握ってたわけ？」
　話題を変えようと五十嵐くんの明るい口調が聞こえる。
「あの、この空き瓶が、その……」
　瓶に目を向け、ぎこちなく歯切れが悪い私に五十嵐くんはすぐに勘づいた。
「美羽、お前なんか言ったな！」
　美羽ちゃんに詰め寄る五十嵐くん。
　あああ！　どうしよう、珍しく五十嵐くんの口調が……私の、せいなのか？
「言ってないもん、ただ真実を述べただけだよー！」
　美羽ちゃんはかわいらしくぷくーっと頬を膨らませて五十嵐くんに反抗。
　はあーっと五十嵐くんが深いため息をついた。
　私といえば、オロオロすることしかできない。
「お前なあ、なんでもかんでも喋ればいいってものじゃないんだからな」
　五十嵐くんでも、口ゲンカするんだ……！

「ごめん中村さん、気にしないでな」
　いつもどおりの優しい口調。
　なのにどうしよう。
　私やっぱり五十嵐くんのほうを向けない。
　五十嵐くんは私に話しかけてくれてるのに、こんなの失礼じゃないか！
　頭ではそう思うのに、なかなか体は言うこと聞かない。
　もう、こうなったら仕方ない!!
「あ、あの！　私、五十嵐くんと学校行くと他の子たちにあらぬ誤解をされそうだから、先に行くね」
　さっさと退散してこの場を収めるっきゃない！
「「え」」
　驚いた顔まで美形とか、さすがです。
「でも……でも！　朝ご飯は？」
　美羽ちゃんが、ハッとしたように私に詰め寄る。
　あ、朝ご飯の存在を忘れてた。
　わざわざ作ってくださったお母様には申し訳ないけど、でもやっぱり！
　このまま呑気に朝ご飯なんて食べてられないよ！
　なんか、ご飯が喉を通らない気がする！
「大丈夫、その辺のコンビニで食べてから行くから！」
　そんな悲しそうな顔しないでー！
　ごめんね、美羽ちゃん。
「あの、昨日一晩、本当に本当にお世話になりました！ありがとう！」

五十嵐くんと目は合わせられないけど、その分お礼だけは精一杯言うよ。
　よし、これでもう言い残すことはないね。
　リビングを出て階段を駆け上がる。
　白い壁に寄りかかって一息つく。
　そういえば、さっき一瞬見えたけど五十嵐くんの髪、寝癖がついてた。
　さすがに朝から、あの完璧スタイルができあがるわけじゃないんだね
　また、発見。
　もう、かわいいなぁ。
　知らない五十嵐くんがたくさん。
　自然と口元が緩んでくる。
　なんか妙にこそばゆい。
　今は、きっと五十嵐くんと会話なんてまともにできない。
　だってあれ以上あそこにいると、私がおかしくなりそうだもん。
　目が合うとどうにかなっちゃいそうで、今は目を合わせないのが精一杯だもん。
　私、どうしたんだろう？
　はあ、
「あつっ……」
　今日って気温、こんなに高かったっけ？

プレゼントを選びましょう

「はあー」

ため息もこの１時間で、すでに10回目。

ため息なんてしてたら幸せが逃げるってわかってるのに、勝手に出てくるんだから困ったもんだ。

「あ、あの有紗ちゃん？　そんなに……テストがダメだった……ま、まさか！　た、単位に関わる、とか？」

いい加減見かねたのか、ついに花那ちゃんに声をかけられてしまった。

頬杖をついていた顔を上げると、花那ちゃんの不安そうな視線と交わる。

「いや、さすがに単位は取れると思う……けど」

テストも終わり、ついさっき解答用紙が返却された。

確かに、この状況で私が落ち込んでいるの見たら、テストがやばいって思うのが自然だよね。

でも、そうじゃない。

テストはいつもどおりっていうか、いつもどおりより学年順位は若干高いくらいだった。

しかも今回はテスト３日前にテスト勉強を始めて、その順位なわけだから私にしては上出来。

さっきから、いやここ数日ずっと頭の中を占めてることは別のことで……。

「よかったー、進級に関わるとかだったらどうしようかと

思ったよー。でも有紗ちゃん、ここ最近ずっと元気ないよね。どうしたの？」
　安心してすぐにまた不安そうに瞳が揺らぐ。
　花那ちゃんに、聞いたらわかるかな？
「花那ちゃん。花那ちゃんって目を合わせられない人っている？」
「目が合わせられない人？　うーん、そうだなあ……あ！」
　相変わらず何してもかわいい花那ちゃんを見ていると、究極に癒されるな。
　私の悩みも吹き飛びそう。
「リーゼントでサングラスかけてヒョウ柄とかのジャケットに金属バット持ってるお兄さんと目を合わせるのは、ちょっと無理かなあ」
　って花那ちゃんは困ったように笑ってるけど……。
「それは逆に、合わせられる人なかなかいないでしょ！」
　私でも無理だ！　ていうか、それは大概の人が恐れる類いの人だ！
　それに今時、金属バット常備して歩いてる人ってそうそう見ないよ！
　私が聞きたかったのは、そんなことじゃなくてもっとこう……。
「そっか、あんまりいないかー。じゃあ、有紗ちゃんはどんな人と目が合わせられないの？」
「えっ私？　私は……」
　なんていうかこそばゆいっていうか……なんかこう、目

が合うと3秒も持たなくて、自然とそらしちゃうっていうか、悪いことしてないのに、ドギマギしちゃうっていうか、その……。
「あ、柊くん」
　そう！　五十嵐くんみたいなって、
「えええ!?　五十嵐くん？」
　なんてこった！　考えていた張本人が目の前に現れちゃったよ！
　びっくりを通り越して、私、石化(せっか)するよ！
「あのさ、2人に頼みたいことがあんだけど」
「ん、何？」
　石になりかけている私の代わりに、花那ちゃんが聞いてくれる。
　五十嵐くんが頼まれてるところはよく見かけるけど、その逆は珍しいな。
「あの、今日の放課後、空いてる？　美羽の誕生日が今週末なんだけど何あげていいかわかんなくて。2人の意見を参考にさせてもらいたいんだけど、どう？」
　美羽ちゃん、今週末が誕生日なの!?　そりゃお祝いしなきゃだ！
　っていうか、会った時に言ってくれたらよかったのに。
「もちろん行くよ！　ね、花那ちゃんっ」
「あ、あのねごめん！　私、今日の放課後は晴くんと約束してて。本当にごめんね！　美羽ちゃんにはちゃんと私も何かプレゼントするから」

そっかあ、晴仁くんとか。それはお邪魔できないもんね。
ん？　待てよ。
五十嵐くんと花那ちゃんと3人で行くつもりだったものが、花那ちゃんが来られない。
てことは……！
五十嵐くんと2人きりってことではないか!!
「や、そんな気つかわなくていいよ。それで、中村さんは今日……平気？」
どうしよう、五十嵐くんの目が見られない。
今ならまだ『そういえば私も予定あったんだった』って誤魔化すこと、できるかもしれない。
2人きりになって、気まずい思いしなくていいかもしれない。
でも私……五十嵐くんに嘘、つきたくない。
何も悪いことしてないのに、避ける必要なんかない。
「私は暇だよ、ばっちし空いてます！」
私が言うと、いつものように爽やか笑顔の五十嵐くん。
なんでかな。変だな、私。
気まずくなるの嫌なのに、2人きりってちょっと楽しいかもって思っている私もいるんだ。
なんだこの矛盾。
いろんな私がいて、よくわからなくなる。
でも……少なくとも今は、ただため息ついてたさっきよりも断然気分がいい。
だから今は、それだけでいいかな。

放課後。
　学校で待ち合わせをするとファンクラブ過激派に見つかって大変なことになるから、待ち合わせは学校近くのショッピングモール入り口になった。
　そういえば、五十嵐くんはファンクラブの存在を認めているのか？
　なんてことを、ふいに頭の中で考えていたら、いつの間にかついていた。
　五十嵐くんはー？　っと、あ！　いたいた。

　王子様
　どの角度でも
　イケメンだ

　——有紗、突然の心の俳句。
「ごめんね五十嵐くん待った？」
「いや、俺が早く来てただけ。本当、今日はありがとな」
　五十嵐くんが、目を合わせて優しく微笑む。
「いえいえ、これくらいお安い御用ですよ。このところ五十嵐くんにはお世話になりっぱなしだったし」
　自動ドアを通って歩き始める。
「あ、そういえば洋菓子セットありがとな。母さんも父さんも甘党だから喜んでた」
　あ、あれか。
　泊まった時にお世話になったから、この間、私のお母さ

んが五十嵐くん家に行ってくれたみたいなんだよね。
「それならよかった！　本当にその節は大変お世話になりました」
　あー、なんでだろ。
　やっぱり目合わせられないな。たっぷり２秒が限界。
　息が詰まって、別に暑いわけじゃないのに体中が熱されていく。
　見つめなきゃ普通に会話もできるのに。
　今までどおりに話せるのに。
　逆に今まではどうやってたのか思い出せない。
　今までどおりって、こんなに難しかったっけ？
　あ、そうか！　私には根性が足りないのか、ここは根性だ！
　根性見せろ！
　よしっ、気合いを入れよう。
「それで、美羽ちゃんに何あげようか、ある程度目星はついてる？」
　いつもどおり五十嵐くんに笑顔を向けて……って、やっぱり無理じゃん！
　笑顔が引きつる怖い怖い。
　これ、目が笑ってないやつだ。
　こんなんじゃ逆効果。
「いや、それがマジで困っててさ。去年まではキャラ物のメモ帳とかで喜んでたんだけど、中１の女子って何が欲しいのかな、と」

そう言われて、中1の頃の自分を思い出す。
　私が中1の時はなぜかクラス中に梅干し好きっていうのが知れ渡っていて、誕プレは干し梅やら練り梅やら梅グミやら、とにかく梅関連のもの大量にもらった。
　こんなんじゃまったく参考にならないぞ。本当、過去の自分は役に立たないな。
「そうだなー。美羽ちゃん、美羽ちゃんねぇ……あ！　あれとかいいかも！」
　通路の両側にズラリと並ぶお店を見渡すと、ふいにかわいい雰囲気のお店が目に止まった。
　美羽ちゃん好きそう！と思って入店。
「美羽ちゃんの服とか部屋の感じ見てると、こんなヘアアクセとかいいかも！　どうかな？」
　たぶん美羽ちゃんはセンスいいから、オシャレなやつがいいと思うんだよね。
「なるほどなー。そういえば最近美羽、髪型とか結構凝り始めてたしな。よし！　それにしよう」
　よかった、五十嵐くんも賛成してくれて。
　でも、きっと美羽ちゃんなら、なんでも喜んでくれると思うけどね。
「にしても種類多いな。あー、どれがいいかわかんねー」
　右手には赤いリボン、左手にはパールのバレッタ。そりゃこんだけあればわからんわ。
　だって美羽ちゃんなら、どれも似合っちゃうもん。
　まあ、ここは五十嵐くんの素晴らしいセンスに任せれば

問題ないかと。
「中村さんは？」
「え？」
　って、唐突に私に意見を聞きます？
　あんまり参考にならない気がするんだけどな。
「中村さんだったらどれが欲しい？」
　私かー、うーん。
　赤に白に緑、いろんな形があるけど、私なら。
「そうだなー、これ、かな？」
　外側を金色で縁取られていてちょっと大人っぽい。
　私はあんまりこういうのはつけないけど、これなら髪を1つにくくった時に使えそう。
「俺も、それいいなって思ってた」
「本当？」
　あら意外にも五十嵐くんと趣味合うのね。
　つまり私もセンスがいいって思っていいですか？
「じゃあ、美羽にはこれにするわ」
　ってあれ？　私が選んだのじゃ、ない!?
　いやいや、五十嵐くん私に賛成しましたよね？　それいいなって言いましたよね!?
　じゃあ、どうして私の意見が採用されないんだ！
　遠まわしにキズつくよ！
「あ、はい。いいと思いますよ」
　いや、まあね。いいんだよ？
　実際、美羽ちゃんにはそっちのかわいい系のほうが合っ

てると思うしいいんだけどさ？
　でもさ、だったらなんで私に聞いたの？
　最初から決まってたなら私に聞くんじゃないよ。
　なんか無駄に、悲しくなってしまったじゃないか。
「じゃあ俺、ちょっと買ってくるから中村さんその辺のイスで待っててくれる？」
「はい。承知しました」

　そう言っていったん別れてから、お店前の通路のところにちょうどイスを発見した。
　そこに座ってふうーっと息をつく。
　なんかやっと落ちつける気分だな。
　疲れている、わけじゃないんだけど、変に気張ってしまう……なぜだ。
　それにやっぱり、話せるけど目は合わせられないんだよなあ。
　同じ方向を見て話す分には支障はない。
　うーん、よくわからん。
　あ、そうだ!!
　こういう時こそ検索サイトの出番じゃないか！
　どうせ暇だしいい機会だよね。
　よしっ！　思い立ったらすぐ行動！
　検索サイトを開いて、『目が合わせられない』検索っと。
　ってあ！　そうじゃん！
　月末だから通信速度規制!!

なんてこった!!
ああもうー！　よりによってこんな時に。
ああ、まだ３分の１とか遅い！　全然開かないじゃん！
今月の初めに動画を見まくった過去の自分恨む！

「ごめん中村さん、レジが混んでて」
　怒りを込めて私がスマホを見つめていると、上から五十嵐くんの優しい声が降ってきた。
「ううん。全然大丈夫！」
　その姿に慌ててスマホを閉じる。
　画面、見られてないよね？
　五十嵐くんの優しい声にイライラが治まっていく。
　心が浄化されるようだ。
「ラッピングしてもらえた？」
　カバンのポッケにスマホをしまいながら立ち上がる。
　調べるのは別に帰ってからでも遅くないよね。
「うん、いい感じにしてもらえたよ」
　そう言って、どちらからともなく歩き出す。
「あれ？　ねえ、もしかして柊？」
　と、突然聞こえてきた五十嵐くんの下の名前を呼ぶ甲高い女の子の、声。
「え？」
「あはっ！　やっぱり、柊だ！　久しぶりっ、全然変わってなーい！」
　振り返ると、そこにはなんともかわいらしい女の子が、

彼氏と思われる男子と腕を絡ませこっちを見てる。
　くるくると巻かれた髪をかわいくアレンジしていて、メイクもほどよくされていてウサギみたい。
　この制服だと私立の西高か！
　お金持ちだ……！
　そんな子が私たちに、いや、五十嵐くんに向けて満面の笑みを浮かべている。
「……亜美、久しぶり」
　その子とは対照的に、五十嵐くんは余り楽しそうな顔をしていない。
　誰、だろう。っていうかやっぱり……。
　こんなの考えたくない。
「あれ？　なんだー柊、その子、彼女？　やっぱり柊はモテるねー」
　亜美さんと呼ばれた女の子が、今度は私のほうを見てにっこり笑う。
　その笑顔が、なんだか冷たくて一瞬ひるむ。
　っていうか、訂正しなきゃ。
「いや、あの私は……」
「でもね、彼女だったら気をつけたほうがいいよー？」
　ところが……彼女は否定しようとした私の言葉を遮り、さらに1拍置いて、
「柊って案外何もないから」
　そう冷たく、まわりが凍りつきそうな笑顔で言い放った。
　美人の笑顔ほどキレイで怖いものはないと思う。

表面的には友好的な笑顔、でもなんか……目が、笑ってない。
「は？」
　いや、『何もない』って何がだよ。
　五十嵐くんほど〝持っている人〟なんて、そういないよね？
　むしろ、不足がなさすぎて困っちゃうのに。
　なんかこの人、ムカつく。
　かわいいけど、なんかイラッとするし。
　その理由はわからないけど。
　五十嵐くんの何を知ってるってんだ。
「亜美、ほら行くぞ」
「うんっ、ごめんごめん！　じゃ、がっかりしないようにね？　以上っ、亜美からの忠告でした！　バイバーイ」

　なんだったんだ、あの台風みたいな人は。
　反撃する暇すらなかったんだけど。
　イライラしながら五十嵐くんに視線を向ける。
「五十嵐くん、あの子って……五十嵐くん？」
　変だ、心なしか青ざめてる。
　おそらく元カノだと思うんだけど。
　あの子との間に何があったの？
　ただの元カノじゃないの？
　五十嵐くんにそんな顔させるだけの何かが、あったの？
　なんか、トラウマめいたもの？

「ごめん中村さん。先に帰ってくれるかな？　今日はありがとう」
　手が震えてる。なのに、なんで笑うの？
　辛くて苦しいって顔に書いてあるのに、どうして無理やり笑うの？
　そんなの嫌だよ。見たくない。
　笑わないでよ。こんな時に、そんなに青い顔して笑わないで。
「ごめんほっとけない」
　迷惑かもしれない。
　ウザいって思われるかもしれない。
　嫌われちゃうかもしれない。
　でも、こんなに辛そうにしてる五十嵐くんを置いてなんて行けるわけない。
　例え一緒にいたくないって言われても、そんなの絶対に本心からの言葉とは思えないの。
　ただ一緒にいたい……。
　それに私、もっと五十嵐くんのこと知りたい。
　辛いなら、ちゃんと辛いって言ってほしい。
　苦しいなら、苦しそうな顔をしてよ。
　こんなの見ていられないよ。
「いや申し訳ないし……。もう、美羽のプレゼントも買えたから大丈夫。実は俺、その……ちょっと寄るところがあるから、さ」
　また、いつもの爽やかな笑顔を浮かべようとする。

嘘つき。そんな苦し紛れの言葉なんて信じる人、いるわけないじゃん。
　私はそんなのに騙されてあげるほどお人好しじゃない。
　ごめん、私はそこまで鈍くなれないし、「はい、そうですか」って帰れない。
「帰らないよ。五十嵐くんが帰るまで」
　だって、私が今、
「そばにいたいから」

Weak point 4

「はい……もうしません。たぶん」
まっすぐで優しくて、危なっかしくて……
だから、キミのそばにいたい。

キミの話を聞きましょう

「はあー」
　五十嵐くんが深いため息をつく。
「本当、中村さんには敵わねー……」
　五十嵐くんが小さな声で呟いて弱々しく微笑んだ。
　そんなことできるわけもないくせに……抱きしめたいなんて、思っちゃうのはなんでだろう。
　いつもより背中が小さく見えて、別人みたい。
「俺、今から半分くらい独り言を言うから軽く聞き流しといてくれる？」
　こっちに一度、向けてから床に視線を落とす。
　私はもちろん、首を縦に振る。
　話してくれる程度には、五十嵐くんに信頼されているって思ってもいいのかな？
　私が話すわけじゃないのに緊張してきた。
　深呼吸して、胸に手を当てる。
　と、同時に五十嵐くんの呼吸する音が聞こえた。
「さっきのヤツな、俺の……元カノなんだ」
　小さな声でいつもよりも弱々しい声。なのに、しっかりと私の耳はとらえて、ガツンと響く鈍い痛みがする。
　やっぱり、そうなんだ。
　わかっていたはずなのに、はっきりと口にされるとなぜだかドキリとして、鼓動が一段と速くなる。

どうしよう、五十嵐くんのほう、見られない。

元カノ、ね。

いや、五十嵐くんだもん。元カノがいないほうがおかしいよね、うん。

わかってるよ、そんなの。

なのに、なんでこんなに心臓がザワつくんだろう。

「中3の時に同じクラスになって、それからすぐに亜美から告白された。中3で恋愛もしたことなかった俺は、たいして亜美のこと知りもしないくせに、つい舞い上がって即オッケー」

ボソボソと紡がれていく言葉。

ふっと力なく笑う五十嵐くんの息が聞こえる。

そういえば前に真紀が五十嵐くんはモテるけど、告白自体はそんなにされないって言ってた。

舞い上がるのも無理はない、か。

王子様っていくら慕われていても、実際に恋愛経験が豊富なわけじゃないんだ。

きっと亜美さんの告白が五十嵐くんにとっては初めてで、すごくうれしかったんだ。

そういうの、わかる気がする。

じゃなきゃ、こんなにまっすぐな王子様になれない。

「で、さ。亜美と付き合ってからデートも何度かして、俺としては大切にしてるつもりだったし、同じように亜美も楽しんでくれてるんだって信じて疑わなかった。クリスマスのサプライズとかも密かに計画してて、俺は尽くしてる

つもり、だったんだよな……でも……」
　そこでいったん言葉を区切り、かつてに思いを馳せているのか苦しそうに顔を歪めた。
「でも３ヶ月くらいたったある日、俺が日誌を担任に届けて教室に戻ったら、さ。クラスでムードメーカー的なヤツと亜美が……その、キス、してたんだよな」
「え」
　思わず声が出て、五十嵐くんがこっちを見る。
　ああ、どうしよう。
　何も言わないで話を聞くつもりだったのに。あまりの衝撃でつい。
　だってだってあの五十嵐くんだよ？
　完璧王子様って呼ばれるほどに素晴らしい五十嵐くんに張り合える男子がいるの？
　五十嵐くん以上に、何を求めるの？
「あ、でもそれなら……事故ってことも」
　ふとそう思って、驚いて出てしまった言葉を慌てて取り繕う。
　よくマンガとかではあるから、そういうすれ違い。
　たまたまその男子が迫ってきて亜美さんが避けれなかった、とか。
　もしかしたら、それで別れちゃった可能性だって……。
「残念ながらそれはないよ。俺がドアにぶつけて２人に気づかれた時、亜美に『柊ってスペックはめちゃ高いけど、思ったよりも中身ないし、つまんないんだもん。もっと楽

しい人かと思ってた。もう飽きちゃったごめんね?』って思いっきり振られてるから。だからまあ、結果的には浮気っていうよりも乗り換えられたって感じ」

　ああ、もう……言わなきゃ、よかった。

　取り繕うなんて下手な真似しなきゃよかった。

　こんなの、五十嵐くんに余計辛いこと言わせてるだけじゃん。

　無理に笑う五十嵐くんが痛々しくて見たくなんてないのに、むしろ私がその原因を作ってしまっている。

　最低だ、私。

　こんなこと言わせたいわけじゃなくて、もっと心から笑ってほしいだけなのに……。

　私の、バカ。どうして後先考えずにこんなこと言っちゃうの。

　悔しくて苦しくて、下唇を噛んだ。

「俺、あの時の亜美の俺に向けた無邪気な笑顔が忘れらんないんだ。亜美にとって俺は箸休め程度の存在だったってこと、わかってる。そんな女の言葉に引きずられる俺のほうがバカだってことも、わかってる。頭ではわかってんだけどさ、でもずっと、あれからずっと亜美の笑顔と言葉が頭の奥でまとわりついて離れないんだよ」

　さっきから息をするのも苦しそうな五十嵐くんの表情は、一向に和らがない。

　そりゃそうだ、自分のいちばん辛い記憶を話して楽しい人なんているわけない。

思い出したくないのに、消そうとしてるのに、なかなか消えない記憶。

　聞いてるだけで胸がえぐられる。亜美さんは忘れても、たぶん五十嵐くんはずっと忘れられない。呪いみたいに五十嵐くんを縛りつけるんだ。
「それからずっと、怖いんだ。好きとか、恋愛とかそういうの。忘れられないんだよ、亜美の言葉も、最後に見せられたあの無邪気な笑顔も。無邪気な笑顔って、ナイフにもなりえるんだって初めて知った。亜美にとって俺はただの代用品で代わりなんていくらでもいるって、その時思い知らされた。ほんと、言われてから亜美がもうこっちを見てないって気づくとか気づくの遅すぎだよな」

　ああ、今、無理に笑わせてるのは私だ。

　五十嵐くんのこんな苦しい笑顔を見たいわけじゃない。

　でもでも、私のアホな頭をいくら探ってもかける言葉が見つからない。
「今までだって何度かは告白されたし結構いいなって思う子もいた。でも好きになろうとすると自制がかかる。その子の顔が亜美に見える。また、俺には何もないって言われるんじゃないかって考えがどうしてもよぎる。あの言葉が鎖みたいにからみついて離れない」

　言葉が、出ない。

　苦しい苦しい、呼吸できないように口を押さえられてるみたい。

　でもきっと五十嵐くんはもっと苦しい。ずっと長い間、

苦しんでいる。
　亜美さんが忘れていた間も、五十嵐くんはずっと忘れられないんだ。
「情けねーよな、いつまでたってもこんなに自分に自信が持てないなんて。だから特に、花那と晴を見てると、すげーなって思うんだ。お互いを信頼してて大切にしてて。例えすれ違っても必ず元に戻って。たまにそのまっすぐさが、あの素直さが羨ましくなるんだよ。最低だよな、俺。2人が近くで幸せそうなの見てうれしいって思ってるはずなのに、いつもどっかで嫉妬してんだよ。俺さ、中村さんが言ってくれるほどいいヤツでもなんでもねーんだよ。褒めてもらえるような素敵な人間じゃないんだ」
「……」
　違う、きっと五十嵐くんはいつだって他の誰よりも花那ちゃんと晴仁くんの幸せを願ってるよ、って言いたいのに声にならない。
「湿っぽい話しちゃってごめんな。そろそろ帰ろうか」
　五十嵐くんが立ち上がって出口に向かって歩き出す。
「……うん」

　先を歩く五十嵐くんに、何も言えなかった。
　どんな顔してるのかは、容易に想像できるから余計に何も言えない。
　もちろん五十嵐くんのことを最低なヤツだなんて思ってるわけじゃない。

否定できるもんならしたい。

救えるものなら救いたい。

でも……きっと私が今ここで『そんなことないよ、五十嵐くんはいい人だよ』って言ったところで、五十嵐くんはやっぱりいつもの笑顔で『ありがとう』って辛そうに笑うだけだ。

それじゃあ、本当に五十嵐くんを救ったことにはならない。

どんなに私が本気で五十嵐くんの言葉を否定しても、それは五十嵐くんを苦しめてしまう材料にしかならない。

そんな顔させてしまうのがわかってるのに、上っ面の言葉を言うのはただの偽善者だ。

たぶん、私が今五十嵐くんにかけられる言葉はない。

どんなことを言っても五十嵐くんに無理をさせてしまうだけだから。本当に五十嵐くんを救ってあげられるわけじゃないから。

でも、やっぱり……悔しいよ。

何もできないのが、こんなにももどかしいなんて。

いつだったか、後悔してることがあるって弱っていた五十嵐くんを一度だけ見た。

あれきり辛そうな五十嵐くんは見てなかったけど、本当の五十嵐くんはきっとずっとかかえ込んでたんだ。

それに気づかなかったなんて。

もう、前みたいに肩を貸すことさえも、できないなんて。

五十嵐くんは私を頼ってくれたのに、辛いって言ってた

のに。
　どうして……もっと早く気づいてあげられなかったんだろう。
　なんで、完璧な五十嵐くんしか見てあげられなかったんだろう。
　どうして知ろうとしなかったんだろう。
　五十嵐くんは頼られるばかりで、頼られるのは苦手だって知っていたはずなのに……。
「頼ってね」
　なんで、その一言を言ってあげられなかったの。
　美羽ちゃんだって言ってたのに、『お兄ちゃんは完璧なんかじゃない』って。
　それなのに、その言葉も忘れて目が見られないとか言っている私は。
　もう、自分のことばっかりだ。
　手のひらを握って悔しさを込める。
　前を歩く五十嵐くんを見つめると、背中がひどく弱々しく見えた。
　こんなのダメだ。
　五十嵐くんが悲しそうなのは違う。絶対違う。
　これ以上、五十嵐くんが傷つく必要なんてない！
　そう思ったら、無意識に体が動いていた。
　思わず五十嵐くんに抱きついた。
　五十嵐くんは悪くないよって、腕に力を込めて。
　言葉にならない声を全身に込めて。

もう無理しないで、幸せになってって願いながら。
「……な、かむらさん？」
　耳元で五十嵐くんの声が聞こえる。
　ハッと我に返って五十嵐くんから離れる。
　私、今、何したの？
「ご、ごめんね」
　必死に取りつくろうように謝る。
　今、何が起こったの？
　五十嵐くんのほう見られない。
「じゃ、じゃあ私、先に帰るね！」
「え、あ、うん」
　呆然とする五十嵐くんを置いて火照る顔を押さえる。
　なんで、なんで私あんなことを！
　完全に無意識だった。
　かける言葉がないからって、抱きつくなんて。
　私、何やってるんだろ。彼女でもないのに。
　私が抱きついたって、少しも五十嵐くんはラクにはならない。
　もっと困らせてしまうだけだ。
　五十嵐くんは優しいから怒らないけど、いきなり抱きつかれたりしたら普通に引くよね。
　もうなんでよ。
　こんなこと、したかったわけじゃないのに。
　ただ笑っていてほしかっただけなのに、こんなの違うよ。
　困らせるだけじゃん。

私、何をしているんだろう。
　自分の行動なのに意味がわからない。
　もう、後悔しかできないよ……。

　家に帰って部屋にこもり、ベッドにうつ伏せになった。
　なんとかしたい、その思いでいっぱいなのに。
　花那ちゃんみたいに恋人がいるわけでもない。真紀みたいにファンクラブに入っているわけでもない。
　そんな私にいったい何ができるっていうんだろう。
　どうしたら五十嵐くんは後悔を、亜美さんのことを吹っきれるんだろう。
　はあーと深くため息をつき、顔を右側にずらすとベッドと壁との隙間に何かを見つけた。
　手を滑り込ませて拾ってみる。
　んー、なんだろ？　本？　教科書？
「っと……」
　引っ張り上げる。
　って、これ。
　『王子様の弱点ノート』じゃん！
　しばらく見かけないと思ってたら、こんなところにあったんだ。
　本当、ダメだなあ。
　こんな大切なものでさえも、すぐにどっかやっちゃうんだから本当に必要な時に困るんだよ。
　もっとちゃんと管理しなきゃな。

ノートに少しだけかぶってるホコリを指先で払う。
懐かしいな。
これを書き始めたころは、こんなに書くことが増えるなんて思ってもみなかった。
寝っ転がったままでノートを開く。
この中に解決の糸口があればいいのにな、なんて思いながら。
1ページ目、いちばん初めに飛び込んでくるのは勝手に五十嵐くんにつけた5段階評価。
授業態度も姿勢も字のキレイさも全部完璧だった。
王子なんだから完璧に決まってるって、初っ端から真紀に笑われたっけ？
一発芸をしてくれた五十嵐くん。
校長先生のモノマネだったよね。
思ってたよりもクオリティが高くて、思い出すだけで自然とにやけてしまう。
ページをめくればめくるほど、その時のことが思い出されて胸が高鳴る。
『王子様検定』が存在するほど人気な五十嵐くんには、ファンクラブがあるってことも知った。
すでに素晴らしかった五十嵐くんの小学校時代のことも書いてある。
それから、妹思いの五十嵐くんのことも。
糸を針穴に通すのが遅い五十嵐くんも。
悪口なんて言わない、裏も表もない性格の持ち主である

ことも、全部私が時間をかけて見つけてきたもの。
　他にもたくさん、私が1つ1つ見つけてきたことなの。
　もうノートも残りの余白も少ない。
　この間の勉強会で見つけた五十嵐くんのことも、本当は書き足したい。
　例えば視力が悪い、とか……そんな何気ないことだって。
　私の知っている五十嵐くんで、このノートの余白を埋めたい。
　でも、そんなのよりもっと、このノートを締めるのにぴったりのことを、知っている。
　だってこのノートは王子様の『弱点』ノート、なんだよ。
　五十嵐くんの弱点、後悔してること。
　最後に書くのにこれ以上のことは、ない。
　ペンを持つ。
　新しいページの真っさらな紙を黒いインクで汚す。
　私まで黒い感情で溢れそう。

　元カノ、亜美さんが五十嵐くんの最大の弱点。
　私立の西高に通っている。
　中3の時に……。

　そこまで書いて私の動きが止まる。
　ノートに、書かなきゃいけないのに。
　——ポタ、ポタ……。
　書きたく、ないな。

そう思うと、なぜだか涙がノートにシミを作っていく。目から溢れ落ちる。
　水性ペンで書いたせいで文字が滲んで読めなくなる。
　抑えてもぬぐっても涙は止まることを知らない。
　あーあ。嫌だな。
　亜美さんのこと、書きたく、ないなあ。
　亜美さんとのことは明らかに、今までで最大の五十嵐くんの弱点だ。
　そんなことはわかっている。
　だけど……どうしても、私が知っている五十嵐くんのことをたくさん書いたノートに、亜美さんのことを書きたくないって思っちゃうんだもん。
　何これ、わけわかんない。
　涙が出てくる理由だって。
　ただ弱点知りたいだけなら、書けるのになんで。
　なんで、そんなふうに……。
　——ポロン。
　突然、スマホの受信音が鳴った。
　おもむろに手に取ると、画面には【花那ちゃん】の文字。
　あ、花那ちゃんから……か。
　ティッシュを取って鼻をかんでから、パスコードを打ち込んで開く。
　と、その画面から目に飛び込んでくる、いちばん上にある文字。
【他のキーワード】

【目が合わせられない好きな人】
　そうだ、さっき検索をかけたまま慌てて閉じたの忘れてたからだ、と妙に冷静だったのは一瞬だけで。
　そんなのすぐに崩壊する。
　ああ、ああ。やっぱり、だ。
　さっきよりもより一層ぐにゃりと視界が歪んで潤む。
「っひ、く、うあ」
　何度見ても何度目をこすっても消えない、【好きな人】の文字。
　知らないふりをしていた、だけだった。
　気づかないふり、だった。
　本当は、わかっていたんだ。
　だって私、目が合わせられない人って五十嵐くんだけだもん。
　一緒にいて体温が上がったり息が詰まったり鼓動が速まるの、五十嵐くんだけなんだもん。
　五十嵐くんが私に言った言葉も、向けた表情もどうしたって忘れられないんだもん。
　亜美さんのこと聞いた時に感じた胸の痛みは、気のせいなんかじゃなくて、たぶん嫉妬だったんだ。
　ノートを一瞥(いちべつ)する。
　五十嵐くんは弱点なんて霞むくらい魅力に溢れている。
　知れば知るほど、五十嵐くんに落とされてハマッて抜け出せなくなった。
　弱点を探していたはずが、いつの間にか見つけていたの

は……誰にでも優しいところ。
　勉強熱心で真面目なところ。
　努力家なところ。
　人情深いところ。
　友達思いなところ。
　家族思いなところ。
　陰口も悪口も言わないところ。
　なんでも自分で解決しようとするところ。
　自分の感情を抑えすぎるところ。
　意外にも強情なところ。
　責任感が強いところ。
　ここ数ヶ月で見つけたのは長所も短所も含めた、たくさんの五十嵐くんだった。
　見つけたこと、挙げたらキリがない。
　短所すら長所に変えてしまいそうな五十嵐くん。
　それくらいどうしようもないほどに私は……私は、五十嵐くんのことを好きになっちゃったんだよ。
　これだけ、五十嵐くんのことを知ってしまった。
　好きだって、わかってしまった。
　……だけど、今さらあんな話を聞いたあとに軽々しく好きだなんて言えるわけない。
　亜美さんを忘れられない五十嵐くんに振られるのなんて、わかりきっている。
　それに好きがわからないって言っている五十嵐くんに告白でもしたら、余計に傷つけてしまうだけだ。

五十嵐くんがきっと私に亜美さんのことを話してくれたのは、私を友達だと思って信頼してくれてるから。
　それなのにその関係を私が断ちきるようなことしたら、それは五十嵐くんに対する裏切り行為だ。
　っていうかもう。どっちにしろ、無理。
「っふ、あ、はっ」
　さっきからバカみたいに涙が止まらない。
　泣いたって何も変わらないのに。
　それでも、息が苦しい胸が痛い。
　叫んだあとみたいに、喉も痛い。
　なのに胸が、焼かれたように熱い。
　体がおかしくなって壊れそう。
　こんな感覚、知らないよ。
　なんで、もしも中３の時に出会っていたのが亜美さんじゃなくて私だったら……とか、そんなことを考えちゃうんだろう。
　もしも、もっと早く五十嵐くんに話しかけていたら……とか、そんな無駄な考えばかり頭をよぎる。
　ああ、もう。
　枕に顔を押しつけて涙を止めようとするのに、なんで止まってくれないの？
　目の前に置いた、ノートを睨んだ。
　こんなの『王子様の弱点ノート』なんかじゃない。
　書かれているのは、五十嵐くんの好きになったところばかり。

こんなノートを作らなければ、五十嵐くんのこと好きにならなかったかもしれないのに。
　こんな気持ちにならなかったかもしれないのに。
　八つ当たり気味にぐちゃぐちゃになった顔を拭いて、いつもより重たいまぶたを思いっきり開く。
　ねえ、五十嵐くん。
　ノートを破って捨てたら、キミへの気持ちも一緒に捨てられる？
　私、前みたいに五十嵐くんと話せるようになるかなぁ。
　なんて意識とともに、そっとノートに手をかけた。

学校には行きましょう

　今日は、学校に行かないつもりだった。
　朝起きたら、目は充血してるし顔がむくんでいた。
　こんなの"昨日は泣きました"って言っているようなもんじゃん。
　いろんな人に、昨日何かがあったって勘づかれるに決まってる。
　だから今日は学校に行きたくなかった、ずる休みしてでも休むつもりだった。
　そんな必死の思いでお母さんに告げたのに、返ってきたのは、
『休んだら有紗の取り柄なくなるけどいいの？　私の長所は無遅刻無欠席だってこないだ自分で言ってたじゃない』
　という、お言葉。
　なんて無情なんだ、うちの母上は！　娘がこんなに目を腫らしているのに。
　と思ったけど、これって前に自分が言ったことだったんだね。
　今となってブーメラン方式で返ってくるとは思わなかったよ。
　過去の自分が恨めしい。
　私って、どうしてこんなに真面目なんだろう。
　ちょっとくらいズル休みしよう……と思ってくれればい

いのに。
　お母さんと口論しているうちに最終的には休むほうがバカらしくなってきて、そんなこと言われたら悔しくて行くしかなくなるでしょうが！と、ほとんど意地で学校へ行くことに。
　ま、なんだかんだで、いつもお母さんには丸め込まれるし、早めに折れておいたほうが得策だよね。
　それに、今こうして泣かずにいられるのはやっぱり朝、喝を入れてくれたお母さんのおかげだし。
　そこだけは感謝しなきゃですよね。

「有紗ちゃん……あの……」
　昼休み、花那ちゃんが何か言いにくそうに私の席へやってきた。
「ん？　どしたの花那ちゃん、今日もかわいいね」
「へ？　あ、ありがとう。今日はリップ変えてみた……って、そうじゃないよ！」
　あら、花那ちゃんにしては珍しいノリツッコミ。
　そして、そのあと照れたように顔を隠す仕草がかわいすぎる。
　さっきまで深刻そうな顔をしてたから晴仁くん関係の話かと思ったけど、もしかして違う？
　本当に辛いならノリツッコミなんてしないよね？
「どうしたの？」
　今できる最大限の笑顔でニコッと微笑んだ。

「んー、有紗ちゃんごめん!! 気にしないようにしてたけど気になるものはやっぱり気になっちゃうよ。私、有紗ちゃんが元気ないの嫌だもん」
　頭をかかえて、それから迷いを振りきるようにまっすぐに私を見た。
「ん？　私、元気だよ？　ほらこのとーり！」
　私が元気じゃなかったら私のアイデンティティ死んじゃうよ。
　Ｖサインを決めて笑った。
　大丈夫、きっといつもどおり笑えている。
「ちょっと、ついてきて」
　かわいい天使様だった花那ちゃんが、ほっぺをぷくーっと膨らませてる。
　それはそれでかわいいけど……。
　あれ？　花那ちゃんが、怒ってる？
　待って、私、何かした？
　あのどこまでも優しい花那ちゃん怒らせるとか私はいったい何をしたんだ!?
　ぐいぐい腕を引かれて廊下を進む。
　い、いつもは小股(こまた)で歩く花那ちゃんが大股で歩いてるよ!?
　あの女子力の塊みたいな花那ちゃんだよ!?
　本当に、私、何をしちゃったんだ？
　こんな花那ちゃん見たことない！

やっと止まったと思ったら、ついたところは中庭だった。
　今日は寒いからほとんど人がいない。
　ブレザーを着てきてよかった。
「私は、鈍いかもしれないけど、毎日見ている有紗ちゃんの変化に気づけないほどバカじゃないよ？」
　私を見上げるいつもはキラキラした大きな瞳が、怒りのような悔しさの色で染まってる。
　これは、怒ってるっていうよりむしろ……。
「有紗ちゃん、いつも心の底から楽しそうに笑うのに今日は変だもん。無理して笑ってるの知ってるもん。ねえ有紗ちゃん、私ってそんなに頼りないかな」
　目がどんどん潤んで声が震えていく。
　ああ、私のせいで大好きな花那ちゃんをこんな表情にさせてしまった。
　違う、違うんだ。花那ちゃんが頼りないわけないよ。
　今日１日言わなかったのはそんなんじゃないの。
「ごめんね、花那ちゃん。言って心配させたくなかった。言っても仕方ないかなって思ってた」
　でも、結果的には話さなかったせいで花那ちゃんをこんな涙目にさせてしまった。
　ああもう、なんなの。花那ちゃんの声を聞いてたら私まで声が震える。
　私、今日１日ずっと無理してたんだ。
　作り笑いなんて、苦手なことするから結局上手くいかなくて余計心配かけちゃった。

だって何かしてないと、笑う努力してないと勝手に涙が出てきそうだったから。
　作り笑いくらいしか涙止める方法、思い浮かばなかった。
　もう、何が悲しいとかもよくわからないけど心の中がぐちゃぐちゃなんだよ。
　五十嵐くんと亜美さんのこととか私の気持ちとか。
　考えるだけで頭が割れそうになって、キャパ越えするんだよ。
　こんなに頭を使ったことがないから、訳がわからなくなっちゃったんだ。
　目が充血してたのは、泣いたからだけじゃない。一晩中、出口のない迷路の中をさまよってたからだ。
　迷って悩んで結局、わからなかった。
　一晩寝ずに考えても、答えは降ってこなかった。
「っていうかもう、何がなんだかわからないんだ……」
　ダメだ、このままだと声だけじゃなくて本当に涙が……思いっきり上を向いて必死に食い止める。
「ねえ有紗ちゃん。私と初めて会った時のこと覚えてる？」
　と、花那ちゃんが私に向かってにっこり笑顔を浮かべている。
　突然の言葉に思わず、涙が引っ込む。
「え……」
　確か、クラス違ったけど出会ったのは高１だったよね？
　そんな前のことは……。
「覚えてるに決まってるじゃんっ」

あの時の花那ちゃん忘れるなんて、私が記憶喪失にならない限りはあり得ないね！
「花那ちゃんホース使ってお花に水あげてた。まさに花の妖精！ってくらい、かわいくてふわふわでお花が似合うなって思ったから、よーく覚えてるよ！　あ、でもさ、そのまま見てたら花那ちゃんが」
「手、滑らせて水ぶちまけちゃったんだよね」
　花那ちゃんが苦笑いを浮かべてから、当時のことを思い出しておかしくなって２人で目を合わせて笑う。
　それで、大丈夫？って話しかけたのが確か初対面。
　今も昔も花那ちゃんがかわいいってことだけは、まったく変わらないな。
　と思って見ていると、花那ちゃんがふっと少しだけ悲しそうにうつむいた。
「有紗ちゃんは知らなかったと思うんだけど、私ね、そのころ一部の女の子たちから無視されてたんだ。あの、その晴くんと柊くん関係で……まあ、無視しないでいてくれた子もいるんだけど、なんかみんなよそよそしい態度で、そのうち話すの嫌になっちゃって」
「え、嘘。本当に花那ちゃんが？」
　花那ちゃんが苦笑いで、だけどはっきり頷いた。
　全然知らなかった……今まで一緒にいてまったくの初耳なんですけど。
　いくら花那ちゃんＡ組で私がＦ組だったからって疎いにもほどがあるんじゃないの？　過去の自分よ。

ていうかそいつら誰だよ。私が張り倒してやりたいわ。
　それにしても、晴仁くんと五十嵐くんの幼なじみってやっぱり大変なんだな。
　大方、かわいい花那ちゃんに嫉妬したんだろうけどさ。
「それから有紗ちゃんと廊下で会うたび少しずつ話すようになって、すっごく楽しかった、うれしかった……有紗ちゃんと同じクラスになりたいなーって思った。でも……」
　私も、楽しかった。花那ちゃんと廊下で会って癒される時間が大好きだった。
　でも……って、何？
「私と話してたら、クラスは違うけど有紗ちゃんまで無視されちゃうって思った。だから『私と仲よくしてもいいことないよ』って言ったんだ。そしたら有紗ちゃん、『いいことなんて求めてないよ。私が森山さんと仲よくしたいから話してるだけだよ？　あ、それとも、もしかして私と話したくないから遠回しに避けてる!?』って本気で慌てた顔して言うんだもん」
　花那ちゃんは心底幸せそうに笑う。
　普段からすごくかわいい花那ちゃんだけど、笑った時の花那ちゃんはそれはもう、本当に、天使みたい。
　その時も、確かそう思ったんだよね。
　かわいい子だけど、笑ったらもっとかわいいって。
　私が何気なく言った言葉、こんなにちゃんと覚えていてくれてるんだ。
「もう、うれしくて泣いちゃうくらいうれしかったなー。私、

あの時、有紗ちゃんと友達になれてなかったら、そのまま晴くんとも別れてたかもしれない。それに今みたいに学校生活が楽しいなんて、到底思えなかった。今までそんなふうに言ってくれる子がいなかったから」

　うれしかったなーって、もう一度繰り返す。

　そういえばあの時の花那ちゃん、今みたいに瞳が潤んでいた。

　瞬きしたら涙が溢れそうなほどだった。

　あの時はただ、目が大きくてうるうるしていてキレイだなって思ってたけど、あれはそういうことだったのか。

　気づかないって私、どんだけ鈍いんだよ。

「だからね!!」

　優しい柔らかい手のひらが私の両手を包み込む。

　そのまま私に向かって優しく微笑む。

「有紗ちゃんはね、私にとって憧れなんだ。明るくて面白くて優しくて、大好きなの。いつも私が困ってるとどうしたの？って声かけてくれて、こっちだよって楽しい場所に連れていってくれるの」

　目が合う。花那ちゃんが歪む。

　今、目に涙が溜まってるのはどっちだろう。

「だから、もし有紗ちゃんが何か困ってたり悩んでたりするなら、今度は私が有紗ちゃんの力になりたい。言いたくなかったら言わなくていい。でもね、でも私がいるってこと、ちゃんと知っててほしいの。いつも助けてくれる有紗ちゃんを、今度は私が助けたいの」

ぽろっと1滴、表面張力に耐えられなくなった涙が溢れ落ちた。
　あとからあとから続くように落ちてくる。
　どうしよう、だってだってそんなこと言ってくれたらさうれしいなんてもんじゃないよ。
　頭の中も感情もごちゃごちゃしていて何がなんだかわからなかったのに、そんなの全部飛び越えて花那ちゃんの言葉がまっすぐに入ってくる。
　花那ちゃんがいるってこと、忘れていたわけじゃない。
　でも、私も花那ちゃんに頼ってほしいっていうのと同じで、きっと花那ちゃんもそう思ってくれてたんだ。
　花那ちゃんに、言えばよかった。
　1人で考えてばっかじゃわからなかったから。花那ちゃんの力、借りたい。
「私だって……私だって花那ちゃんが大好きだよー！　天使みたいに優しくてかわいくて、でもそれをまったく鼻にかけなくて。ぐすっ、こんないい子めったにいないよっ」
　いつもみたいにぎゅーっと花那ちゃんに、抱きついた。
　つい、私の背中を撫でてくれる手に甘えてしまう。
「私は、そんなに褒めてもらえるような人じゃないよ。頭も悪いし、まわり見えないし……花那ちゃんみたいにかわいくないし自分のことばっかで嫉妬もするし」
　ああダメだな。
　自分で言っていて悲しくなる。
　せっかく花那ちゃんに褒めてもらえたのに。

自分の短所ばっかり思いつく。
　　いつから私はこんなにネガティヴ女になったんだ。
　　自分で自分のいいところを見つけられなくて、誰が私のことを好きになってくれるんだろう。
　　こんなの、五十嵐くんが好きになるわけないよね。
「あーあ。なんで私、五十嵐くんが好きになっちゃったんだろう」
　　ため息交じりでこぼれた言葉。
　　その瞬間、私を撫でる手がピクリと止まる。
　　……。
　　あれ、花那ちゃん？
「ええ!?　有紗ちゃんが柊くんを!?　本当に!?」
　　私の体内時計7秒か。
　　沈黙長いな。
　　まあ、それもそうだよね。
　　私が五十嵐くんを好きになっているなんて、夢にも思わなかったんだろうな。
「まあ、驚くとは思ったんだけど……本当に、好きだよ」
　　花那ちゃんはさっきから、カチコチッとしていて動きがおかしい。
　　あ、ダメだこりゃ。
　　花那ちゃん、絶対に頭の中で誤作動を起こしてるよ。
　　目があっちこっちいってあたふたしてる。
　　人は自分よりも慌ててる人を見ると冷静になるっていうけど、あれ本当にそうなんだね。

溜まっていた涙がすっかり引っ込んだよ。
「え！　わ、わかった。じゃあ柊くんにそのことを言いに行こう!?」
　そう言うと、来た時のように私の手を引いて引っ張ろうとする。
　……のを、私は止めた。
「あ、有紗ちゃん？」
　まだ混乱している花那ちゃんに苦笑いを浮かべる。
「私、五十嵐くんに好きって言うつもりないんだ。たぶんそれは五十嵐くん余計に苦しめちゃうからさ」
「そんな、わけ……」
　花那ちゃんは悲しそうにこっちを見上げる。
　花那ちゃんの悲しそうな顔は見たくないけど、今回ばかりは仕方ない。
「あのね、五十嵐くんは元カノさんのことを忘れられない……っていうかいろいろあったみたいでさ。私の出る幕、ないんだよね」
　自分に言い聞かせるように言葉にする。
　私の出る幕は、ない。
　そう、だから大人しくして、いつもみたいに何も考えずに行動していいことじゃない。
「前にね五十嵐くん、花那ちゃんと晴仁くんがケンカしてすれ違った時に『花那と晴のことは、俺らが何を言ったって２人が解決するしかない』って言ってた」
　今ならわかるよ。

それは2人を通して、きっと自分のことに重ねてたんだってこと。
　部外者は何もできないって、線を引かれている。
　五十嵐くんは自分でどうにかするしかないって思っているだろうし、五十嵐くんが嫌がってるのに、線を越そうだなんて図々しいこと、いくら私でも思えないよ。
「実際、そのとおりだと思う。だから私にできることはないんだ……」
「それは違うと思う」
「え？」
　花那ちゃんはいつも優しくて、主張も強くなくてめったに人の意見否定したりしないのに。
　ましてや絶対に人の話を遮ったりしないのに。
　いつもは、どちらかと言えば話を聞いてくれるタイプで、笑って賛成してくれるのに……。
　全然、いつもと違う。
　今はまっすぐに私に強い瞳が向かってくる。
　言いたいことがあるって、目だけではっきりと伝わってくる。
「私たちがケンカした時、有紗ちゃんが晴くん怒って連れてきてくれたでしょ？　私、そのおかげで今も晴くんといられるんだよ？」
　ふう、と花那ちゃんが一息ついて思いっきり息をした。
「確かに最後の最後は当の2人にしか解決できないのかもしれない。でも、他の人が無関係だなんて思わない。言葉

をかけることは、何かすることは無駄なんかじゃない。きっとそれで救われてる人もいる。だって私がそうだもん！」
「でも、そんなの今さらだよ……」
　迷惑、かもしれない。
　そんなのただの、でしゃばりじゃん。
　この２年間、ずっとずっと五十嵐くんが引きずってること、つい最近出会った私に変えることなんて無理だよ。
「もう！　なに言ってるの、有紗ちゃんらしくもないっ」
「か、かにゃひゃん？」
　突然、花那ちゃんの両手が私のほっぺを挟んだ。
　ぷくっと頬を膨らませたかわいいオプションつきで。
　ただ、今回の花那ちゃんはかわいいだけでは済まされない。
「だって、有紗ちゃんが教えてくれたんだよ！　どんなことも、遅いことなんかないって」
　花那ちゃんが、これ以上ないってくらいに満面の笑みを浮かべた。
「本当に、今さらなんて思ってる有紗ちゃんじゃないでしょ？　いつもの有紗ちゃんなら気づいた時がスタート地点ってきっと言ってる。だから、有紗ちゃんは有紗ちゃんが思うようにしたらいいと思う。柊くんだってきっと、ずっと前から導いてくれる手、待ってる。有紗ちゃんは今いちばん、何がしたい？」
　花那ちゃんの言葉が自然と胸の奥へと沈んでいく。
　目の前に、道が。

暗くなって見えなかった迷路になってた道が、1本道になってパッと開けた。
「私がしたいこと……」
　そう聞いて思い浮かぶのは……目をつむって真っ先に浮かぶのはやっぱり。
　私はいちばん、五十嵐くんに笑っていてほしい。
　無理に作った笑顔じゃなくて。
　楽しそうに心から笑顔になる、五十嵐くんが見たい。
　いつも、いつだってそうだから。
　都合の悪いこと全部、爽やかな笑顔で取り去るの。
　なんでもないって顔じゃないのに、なんでもないなんて笑顔で誤魔化すの。
　この間だって。
　亜美さんのこと、本当は辛いのに笑ってた。
　辛い時には辛いって泣いてほしい。
　痛い時には痛いって喚いてほしい。
　亜美さんとの記憶から救いたい。
　好きって気持ち、思い出してほしい。
　それでいつか。
　いつかでいいから完璧で、でも完璧じゃない五十嵐くんを好きだって伝えたい。
　そうか、そうだよ。
　私が今できること、見つけた。
　なんだ、ちゃんと整理すればわかるじゃん。
「花那ちゃん、ありがとう！」

私と、友達になってくれてありがとう。
　大切なことを気づかせてくれてありがとう。
　たくさん、ありがとう。
　いつもと違う、優しいだけじゃない怒ってくれた花那ちゃん。
　怒るのとか否定するの苦手なはずの花那ちゃんが、私のために言ってくれた言葉。
　やっぱり花那ちゃんは優しいね。
　２人にしか解決はできない。
　でも、解決する前の手伝いなら、そこに至るまではいくらでもできるよ。
　私に何もできないわけじゃない。
　気づいた時がスタート地点、か。
　確かにいつもの私ならきっとそう言うよね。
　気づいた時に行動できるなら、それは遅いってことにはならないから。
「私、今から行ってくる！」
　今さらとか言ってたら、いつまでたっても前に進めないじゃん。
　その場で足踏みしているだけなんて、ほんと、私らしくないじゃん。
　迷惑なんて、すでにかけまくってるんだから、１個増えたくらいじゃもう変わらないよ。
　何を小さなことにこだわっていたんだろ。
「へ？　行くって……？」

きょとんとしている花那ちゃんに、心の底からの笑顔を見せる。
　自分の短所ばっかり見ていてどうする。
　まっすぐ、直線勝負が私のいいところだから。
　1つでもそれが私の武器なんだから。
　私の長所を私が信じなくてどうすんの。
　顔を上げて、もう下は向かない。

時間を戻せるなら

【柊side】
　時間を戻せるなら、戻したい。
　学校が終わって速攻で帰ってまずしたことといえば、カバンを放置してリビングのソファに身を投げること。
　仰向けになり、どうしたらいいかわからず腕で顔を覆う。
　ソファの肘かけに頭を強めにぶつけた音がしたけど、そんなこと今はどうだっていい。
「なんであんなこと……」
　口を開けば出てくるのは後悔する言葉ばかりで、何もしていないとよみがえるのは昨日の記憶。
　今日１日中考えないようにしてたけど、１人になった今はすることもなくどうしようもない。
　ため息なんか昨日今日で数えきれないほどついた。ひどい時は３分に１回ペースで。
「はあ……」
　中学から一緒だった晴と、あと数人しか知らないようなこと。
　すべて知ってんのなんて晴だけだし、花那にだって、このことは言っていない。
　呪いみたいにこびりついていたあの言葉は、もう二度と口にしないって、決めてた。
　一生、俺の心の中にしまっておくって決めてたんだ。

なのに、なんで中村さんに言ったんだよ俺は。
中村さんに、いったい何を求めてんだよ。
あんなこと言ったって中村さんを困らせるだけだってわかってる。
困らせたくなんかない。
ダサいところを見せたいわけじゃない。
こんな俺、見せる必要ねーのに。
できる限り、中村さんの前ではカッコよくいたいのに。
気づいたら言ってた。口が動いて止まらなくなってた。
あの時のこと全部、自分の感情までも吐露してた。
おかしいんだよ、俺は。
中村さんといると、調子が狂って仕方ない。
自分が自分じゃなくなって、いつも余計なことばっか言ってしまう。
想定外のことばかり起こって、気づくと思わぬ方向に進んでる。
むしろ予想を上回ることしかしてこない。
中村さん思い出すだけで楽しくて面白くて自然と笑ってる……って俺、なんなんだよ。
美羽が風邪を引いてスーパーに行った時、家まで送ろうとしたら早く帰れって逆に説教されたんだよな。
そういえば1日だけ、ストーカーっぽいことされたこともあったな。
花那と晴がすれ違った時だって、本人たち以上に全力だった。

彼女はいつもまっすぐだから、思ったことを隠したり言わないとかは毛頭なくて、いつだって素直なんだよな。
　だから中村さんと話すの楽しいし、俺は、そのまっすぐさに助けられてる。
　その反面、最近は楽しいだけじゃ済まなくなっている。
　なぜかこそばゆくて目が合わせられない。
　まっすぐなゆえに、つい目をそらしてしまう。
　ここ最近は特に。
　勉強会を開いてから、中村さんと2人きりになることにどうしても構えてしまう。
　泊まるってなった時も1日中落ちつかなくて、自分が冷静なのかどうなのかすら判断がつかなくなった。
　危うく、自分の感覚が麻痺しそうだった。
　中村さんと2人になるのが嫌とかじゃなくて、その、なんつーか……緊張、する。
　中村さんといると、自分が自分でなくなりそうで怖いんだ。
　俺の知らない自分になってしまいそうで……。
　前はそんなことなかったはずが、今はそわそわして、じっとしてられない……って、今はそんなことどうだっていいよな。
　とりあえず、俺は中村さん相手に緊張していたはずなんだよ。
　それがいきなり昨日はなんだったんだ。
　緊張はどこへ行った？と思うほど、留まることを知らな

い俺の言葉。
　止まれと願うのに、次から次へと勝手に溢れていった。
　会話というよりも一方的に言葉をぶん投げてしまった。
　中村さんからしたら、いきなり過去のことを話されて、こいつなんなんだって気分だったよな。
　絶対、ドン引きだよな。
　ショッピングモールで話すような内容じゃないし、重い話に中村さんを付き合わせてしまった。
　気分悪いよな、あんな話。
　少なくとも聞いていて楽しい話じゃない。
　いくら亜美に会って動揺したからっていっても、あそこで話すべきじゃなかった。
　なんで俺は止まんなかったんだよ。
　自分は話せて楽になるかもしれないけど、中村さんにとったら辛い気分にさせるだけだろ？
　あんな話、聞かせるべきじゃなかった。
　そんなことにも気づかなかったってどうかしている。
　優しい中村さんに甘えてしまった。
　女々しい、なんてことはわかってる。
　男だったらシャキッとせい！って、中村さんだったら言うかと思った。
　けど、何も言わなかったのはきっと……言葉が見つからないほど呆れられた、か。
　もしくは哀れみか。
　どっちにしろ中村さんにそう思われんのは、嫌だ。

かわいそうだとか、同情してほしいんじゃない。
　だったら俺はなんで言った？
　中村さんにどう思ってほしかったんだ？
　言わなければこんなに悩む必要だってなかったはずだ、くそ。
　抱きしめられたのも正直かなりうれしかった。中村さんの温もりに安心した。
　あわよくば、もう少し……なんて願ってしまった。
　このまま時間が止まればいい、とも思った。
　そのくらい、心地よかった。
　だけど、昨日見た、中村さんの最後の顔が忘れられない。
　いつも楽しそうな眩しいほどの笑顔を浮かべる中村さんが、どこか傷ついたような困惑に満ちた表情をしていた。
　明るい表情が似合う中村さんに、あんな悲しそうな表情させたのは俺自身だ。
　そんな顔、させたくねーよ。
　中村さんには笑っていてほしい。
　それも、眩しいくらいの見惚れてしまうくらいの、あの笑顔で。
　昨日のことなんてなかったことにしたい。
　時間を戻せるものなら戻したい。
　悪夢であってくれとさえ願った。
　けど、一度口から出た言葉はなかったことにはならないし、時間が戻ることがないことくらいわかっている。
　あーあ、胸くそ悪いな。

昨日の自分にいくら舌打ちしても、もう遅い。何も変わらない。
　頭がくらくらする。
　高熱出したみたいに、息が熱くなる。
　胸に何かが、突っかえたみたいに苦しくなる。
　中村さんのことを考えると、どうしようもなく落ちつかない。
　なんだ、これ。

「……いちゃん。お兄ちゃんってば！　聞いてるの？」
　突然耳に入ってきた美羽の声でハッとする。
　中村さんよりも、美羽のほうが声が高いな……って、俺は何を比べてんだよ。
「ああ、ごめん。美羽おかえり」
　起き上がってぼんやりとした寝ぼけ眼でそう言うと、美羽は怪訝そうな顔をする。
「今日のお兄ちゃんなんか変だよ、どうしたの？　あ、違う、昨日からか」
　妹にまで心配されるって今の俺、相当きてんのな。
「特には何もないよ」
　今日、学校でもクラスの何人かにそう言われた。
　俺はいつもどおり、取りつくろっているつもりだった。
　そこそこ器用にこなせてたはずなんだけど。
　俺、こんな何もできないヤツだったか？
　感情のコントロールなんて、もっと簡単なはずだろ？

こんなふうに、自分のことだけで手一杯になることなんか今までなかった。
　まわりの状況を見るなんて俺の得意分野だろ？
　けど、今日は自分のことで頭痛くなってまわりになんて気配れなかった……中村さんにだって。
　今日１日、中村さんはどう過ごしたんだろうか。
　いつものように楽しげに笑っていたのか？
　それとも、もっと別の、俺も見たことないような表情をしていたのか？
　はー、ムカつく。
　左手で髪を乱したところで、イラ立ちもムカつきもどこにもいかない。
　つーか、なんで俺はイライラしてんだよ。
　そのイラ立ちの原因も対象もはっきりしないから厄介だ。
「ふーん……あっ！　そうだそうだ、有紗ちゃん次はいつうち来てくれるの？」
　美羽は俺の言葉に一瞬不満そうな顔を浮かべて、それからこれでもかってくらい目をキラキラさせている。
　そういや中村さん、美羽と約束してたっけ？
　美羽が一方的ではあるけど『泊まりに来てね絶対！』って言ってたな。
　うわー、言いにく……言ったら美羽、怒るだろうな。
　けど言うしかねーよな、事実だから。
　どうせいつかはバレることだし。

「あのな美羽。ごめん俺、中村さんに嫌われたかもしれない。もう、うち来てくれないかもな、本当ごめん」
　苦笑いを浮かべた。
　かも、じゃない。ほぼ100%の確率できっと来ない。
　あの話をしたあとに、中村さんがのこのこ家に来てくれるとは思わない。
　俺が中村さんだったらもう、関わりを持ちたくない。
　ドン引きされたとしても、文句は言えない。
　それ以前に避けられたっておかしくないんだ。
　それとも現にもう、避けられてるのか？
　中村さんともう、話せないのか？
　そう思うと、なぜか胸が軋んでそのまま疼いた。
「お兄ちゃん何したの!?　有紗ちゃんに嫌われるって何したの？」
　すごい勢いでこっちに詰め寄ってくる美羽。
　直接、中村さんに何かしたってわけじゃない。
　だから余計にどうすればいいのかわからない。
　中村さんに謝るのも、違う気がする。
　どうすることもできない。
　なんて言っていいかわからない。
　どうするのが正解なのか。
「本当ごめんな」
　だから美羽には謝るしかない。
　それが美羽の納得できないことだとしても。
「嫌だ。私、有紗ちゃんに連絡する！　また来てくれるっ

て有紗ちゃんが言ったもん！」
 スマホを取り出して、今にも連絡しようとする。
「……美羽は本当に中村さんが好きなんだな」
 ぼそりと呟いた言葉に美羽の動きが止まる。
 羨ましい、とかなんだよそれ。
 自分だって、連絡したいならすればいい。
 言いたいことがあるなら言えばいい。
 思ったこと言えばいいだろ。
 なんで、できないんだよ。
 できないくせに羨ましいとか言ってんじゃねーよ。
 それは、ただのひがみだろ。
「私が、有紗ちゃん好きなのは」
 スマホから顔を上げてまっすぐに俺を見てる美羽は、曇りがなくて眩しい。
「ん？」
 ああ、やっぱり怒らせた。
 美羽が怒ってるの見るのなんて久しぶりだ。
 昔はよく、自分の思いどおりにいかないと泣いて怒っていたけどそれも最近は見かけなくなったから。
 今回怒らせたのは、完璧に俺のせいだよな。
 美羽を本気で怒らせるのなんて、いつぶりだろう。
「もちろん有紗ちゃんが楽しくていい人だからっていうのもあるよ。初めて会った時から優しくて、お話するの大好き。でも、いちばんの理由はお兄ちゃんが有紗ちゃんのこと大好きだからだもん！　じゃなきゃ私、わざわざ高校ま

で会いに行ったりしないっ」
「……は？」
　美羽の言葉が衝撃的すぎて、思わずソファから落ちそうになった。
　ちょっと待てよ、なんでそんなことになってんだよ！
　そんな話、初めて聞いたぞ!?
　俺のしらないところで事が進みすぎ。
　と突っ込みたかったが、その後も言葉を続ける美羽。
「初めて有紗ちゃんと話すお兄ちゃん見た時びっくりした。私あんなお兄ちゃん見たことないもん。写真を撮っておきたかったくらいだよ！　お兄ちゃんどんなに楽しそうで優しい顔してたか。どんなに幸せそうだったか、自分でわかってる？　有紗ちゃんといる時だけ、全然違うもん。それで、そんな顔して好きじゃないって言うなんて、そんなの変だよ!!」
　いつにも増して大声を出し、ソファに寝転ぶ俺を見下ろしてくる。
　その瞳があまりにまっすぐで純粋で、中村さんを連想させてしまう。
　やっぱり、俺は目をそらした。
「俺は別に中村さんが好きとかそんなんじゃないよ。第一、亜美とのことがあってからそういうのはもう……」
「嘘つき！」
　み、美羽？
　美羽がまったく聞いてくれない。

なんなんだよ。
　今日に限ってなんでこんなに頑固なんだよ。
　美羽のことじゃないのに、どうしてそこまで怒るんだよ。
「いや、嘘なんか……」
　と言いかけて、
「じゃああれ！」
　不服そうな顔のままで、美羽がビシッと指さした。
「なんであんな空き瓶、大切にしてるの？　あんなのどこにでも売ってるじゃん。むしろゴミだよ！　どうして、ただの空き瓶をしっかり洗ってデコってるの？　私、知ってるもん。あれ、誰からもらったか」
　美羽が腕を組んでふふんと、得意顔をした。
　確かにそれは中村さんからもらったものだけど。
「あれは、ただうれしかったから……」
　普段、人からプレゼントとか久しぶりだったから。
　何もないのにくれたとか、そんなの滅多にないから。
　誕生日とかじゃなくて、くれたのがなんかうれしかったから、中村さんじゃなくても……っ、たぶんうれしかった、から。
　俺がそう言うと、美羽が傷ついた顔をしてから思いっきり息を吸って俺に向かって怒鳴った。
「嘘つきなお兄ちゃんなんて嫌い！　わかってるのに知らないふりしてるお兄ちゃんなんか、そんなの私の知ってるお兄ちゃんじゃない！！」
　言いきったと思うと、プイッと駄々をこねる小さい子み

たいにそっぽ向いた。
　こんな美羽、久しぶりに見たぞ？
　なんで退化してんだよ。
　ただでさえ、中村さんのことで頭が埋まっているのに、その上に美羽までとか、俺、今年厄年なのか？
　今は人のことを考えられる余裕なんてないのに。
　自分のことで精一杯なんだ。
　とりあえずひとまず場を落ちつかせようと、
「だから俺、嘘ついてないって」
とは言ってみるものの、そっぽ向いたままで反応なし。
　ダメだ全然わかってくれねー……さっきから聞く耳も持たないし、完全にシャットアウトされている。

　はあ、とため息をついた時。
　――ピンポーン。
　この空気に似つかわしくない軽快な音が聞こえてきた。
「私が出る。ヘタレバカお兄ちゃんは、そこでいつまでも寝てたらいいんじゃない？」
　そう言い捨てて、1歩1歩踏みつけるようにして玄関に向かう。
　嘘つきのみならず、ヘタレバカって……なんで今日の俺はそんなこと言われなきゃなんねーんだ？
　小さいころから甘やかしてきた美羽に、そこまで言われると結構ショックなんだけど。
「あっ」

美羽がカギを開けたその瞬間に、何も言わずズカズカ家に入り込んで、俺のとこまで一直線にやってくる、晴。
　そのまま、さっきの美羽ばりの勢いで詰め寄ってくる晴に思わずのけ反った。
「どう、した？　晴」
「おい柊！　大変なことになってんぞ！」
　息が切れているってことは走ってきたのか？
　そんな急用って、なんだ？
　しかも晴、今日は部活だったよな。
　あの晴が部活を抜けてくるほど重要な用なのか？
　晴は手のひらを俺に向けて息を必死に整えている。
　待ってってことか。
　どんだけ急いできたんだよ。
　走るときはペースを考えろって言ってるじゃねーか。
　そこまで急ぐって何があったんだよ。
「晴兄っ！　ちょうどいいところに！　晴兄からも言ってよっ、お兄ちゃんはバカだって」
　晴が話せないのをいいことに、美羽が晴の腕を掴んで引っ張って援軍を要請する。
　だいぶ落ちついたのか、美羽に向き直って声を発する。
「はあー、いや、柊は俺より頭いいけど……つーか、それよりも！」
「そんなの知ってるよ！　私が言ってるのはそうじゃなくて、自分の気持ちわかってるのに正直にならないお兄ちゃんをバカだって言ってるの。認めないのがおかしいって

言ってるの！　わからないふりをしているが変だって！」
　遮って、美羽が続ける。
　今、晴……何を言いかけた？
「美羽、晴も何か言いたそうだし……」
　と話せば、
「ヘタレお兄ちゃんは黙ってて」
　ギロリと睨まれる。
「は？　おい兄妹ゲンカか？　ならあとにしてくれよ、それよりも！」
「あとにできないの！　何よりも重要なことなの！　お兄ちゃんの将来に関わるからっ」
　そう美羽が言いきったせいで、晴も言うに言えなくなってしまった。
　はあ、仕方ない。
　晴相手にも弁解しなきゃなんねーとは。
　美羽はいつからこんな反抗的になったんだ？
　こんなに意見を言うヤツだったっけ？
　と思いながらも言葉を発した。
「ほら、晴も美羽も知ってんだろ？　俺が、亜美とそのいろいろあったって……そっから誰も好きになれなくなってることも」
　美羽はまだ不服そうで、晴の頭にはハテナマークが浮かんでる。
「昨日、中村さんとショッピングモールに行ってたら偶然亜美に会ったんだ。そんでさ、なんでかわかんねーけど、

中学の亜美とのゴタゴタ気づいたら中村さんに話してたんだよ。っんと、何がしたかったんだよ俺は。よりによって中村さんに言わなくてもいいものを。そんなのダサいって思われて当たり前。さっきから後悔しまくり。だから俺は中村さんが好きとか、そういうんじゃないって言ってんのに美羽は聞いてくれない」

　ここまで自分の感情さらけ出して言ったんだ。

　これで美羽も納得して……。

「は？　何を言ってんの？」

　って、今度は晴かよ！

　また厄介な敵を増やしてしまった。

　『行け晴兄！』と、美羽が拳を突き上げたのが視界の端で見えた。

　この２人が組んだら余計めんどくせーな。

　こっそりとため息をついた。

「だったら聞くけど、柊の知ってる有紗ちゃんは亜美のこと聞いてバカにするヤツなの？　お前のことバレバレなストーカーするくらいマメで、俺と花那のことであんなに必死になる有紗ちゃんだよ。なんでも全力で、陰口なんて嫌う、そんな子がお前のことバカにするヤツだって、本気で言ってんの？」

「……え？」

　思いがけない言葉に、虚をつかれた。

　俺のことじゃ、なくて中村さん？

　それは考えてなかった。

けど、それなら……。そんなことは聞かなくたってわかってる。
　中村さんはバカにするような人じゃない。絶対、人を見下すようなことしない。
　それだけは俺の全自信を持って言える。
「気づいたら言ってたって、それほど信用してたってことじゃねーの？　それに気づけないなら、お前は確かにバカだな」
　ふっ、と晴が鼻で笑った。
　っと、ムカつくな。さっきから美羽も晴も俺のことバカにしやがって。
「信頼なら、してるよ」
　ムキになって答える。
　そんなの晴に言われなくたって、してるよ。
　まっすぐで純粋で誰にでも態度を変えない人。中村さん以上にそんな人、いないから。
　信頼なんか、ずっと前からしてるつもりだよ。
　彼女なら信頼できるって、心から思っている。
　けどさ、俺は中村さんを信頼しているからって理由で亜美のこと話したのか？
　信頼してる人なら他にもいるよ。
　だったら他の人にだって話せるよな？
　例えば花那のことだって、俺は十分信頼してるよ。
　けど自然と言葉に出ていたのは、中村さんだけだろ？
　それは、なんでだよ。

「なあ柊、自分のことちゃんと見ろって。相手とかまわりだけじゃなくてさ。人のことはよく見えるくせになんで自分のことになるとそう見えなくなるんだよ。もっと自分を優先しろって」

　見えてない？　俺が？
　晴の言葉に違和感を持つ。
　さっきからなんか腑に落ちない。
「いや、なんか見えてないっていうか……」
　ぽつりと呟いて自分の思いにふける。

　自分が見えてないんじゃない。
　自分の時間を取ろうと１人になるといつも、中村さんが現れるんだ。
　ここ最近、ずっとだ。
　ふとした瞬間に思うと、中村さんに俺の頭も心も全部奪われる。
　自分のことを考えようとすると、必ず中村さんが浮かんでくる。
　笑っていて、いつも楽しそうな笑顔が似合う中村さん。
　時には、怒って我を忘れて男だろうと掴みかかっている中村さん。
　ここ最近ずっとリピートされるのは、決まって中村さんのいろいろな顔。
　俺の中学のころのジャージを着た中村さん。
　振り返った時の十数センチしかない距離。

泊まりに来た時の驚きと困惑が混ざり合った表情。
風呂あがりの火照った顔。
髪からは俺と同じシャンプーの香り。
俺の部屋で勝手に寝だす無防備さ。
思い返すだけで、勝手に上昇する体温。
『菩薩っていうか、如来様みたいだと思ってます!』って言葉。
俺が聞いてんのはそんなんじゃねーよ!!って、全力で突っ込みたかった。
そんなんじゃなくて、本当は……本当に聞きたかったのは別にあるんだ。
俺ばっか意識して、焦って焦って戸惑って。中村さんも意識しろよって思った。
俺の前で安心してくれているのはうれしいけど……でも無防備すぎて、こんなんじゃ他の男に隙を見せまくりで不安だった。
そう思うと無性に焦ってイラついた。
俺だから、無防備でいられるってことだったらいいのにって思った。
無防備でいてほしくて、でも俺を意識してほしい。ここ最近、そんな矛盾に揺れていた。
『俺だって何もしないとは限らないから』
本当は、あの時の言葉の意味だってもうわかってる。
落ちつかないのも、目をそらす理由も。
自分のことを考えようとすると、いつからか中村さんが

出てくる理由も。
　そんなん、ずっと前から知ってるよ。
　でも、その言葉が浮かぶたび、頭を掠めるたびに消してきたんだ。
　また、同じ失敗するんじゃないかって。
　怖かったんだ。
　亜美と重ねていなくても怖いんだ。
　けど、それじゃダメだ。
　もう、かき消さないほどに、その存在はどんどん大きなものになっている。
　俺の中で無視できないほどに溢れている。

「俺……」
　全然わかってねーのはどっちだ、聞く耳を持たないのは美羽じゃねーよ。俺のほうだろ？
　さっきから、晴の言葉が腑に落ちなかったのはもう、自分の中で答えが出てるからだろ？
　顔を上げて、２人を見た。
　すると、晴が真面目な顔でスマホの画面を見せてきた。
「花那から連絡あった。有紗ちゃん、西高に行ったんだって。この意味がわかんねーほど柊はバカじゃないよな？」
「な、かむらさんが！」
　思わず立ち上がった。
　だーっもう！
　本当に中村さんは、いつもいつも斜め上の行動を……！

どうしたらそんなに考えが次々に浮かぶんだよ。
　西高なんて、そんなの亜美に会う以外の目的ないよな。
　俺のせいだ、完璧に。
　これ以上、好きにさせてたまるか。
　ふと、廊下を走る中村さんを思い出した。
　毎回注意してたのは、優等生に見られたかったわけじゃない。
　中村さんが全力疾走すると、スカートがめくれそうになるから止めてたんだ。
　そうとも知らない彼女は懲りなく走る。
　何度言っても、毎回同じように申し訳なさそうな反応をするだけ。
　今回のことだって。
　いつもそうだ、自分が見つけた道を100％信じて走っている。
　きっと俺が止めても聞かないんだろうな。
　だったらせめて、俺の目の届くところにいてくれよ。
　危なっかしいから、そばにいてくれ。
　俺が守ってやれる範囲にいてくれよ。
　中村さんの身に何かあったら今度こそ俺は……。
「行けよ」
　笑顔の晴に一度頷いてみせる。
　いつからだろう。
　俺を意識してほしいと思ったのは。
　中村さんといると甘い動悸がしてくるのは。

2人でいるとどうしようもなく息が詰まるのは。
　それが心地いいと感じるようになったのは。
　もっと一緒にいたい、話したい、そばにいてほしい……と思うようになったのは、いったいいつからだろう。
　こんなにも俺は、中村さんに……。
「もう一早く！」
　美羽に背中を押された。
　今さら気づくとか本当おせーよ。
　大切なものすら守れないくせに、何を被害者ぶってんだよ俺は。
　自分の感情くらい、自分で把握しろよ。
　ローファーを履いて、ぐっと足に力を入れた。
「あのさ、最後にひと言いいか？」
　玄関のドアノブに手をかけ、走り出そうとして振り返る。
　まだ、言い忘れたことあった。
「今日の俺、バカって言われすぎじゃないか？」
　いくらなんでも、2人して俺をバカにしすぎだと思うんだが……。
「だって、ねえ？」
　美羽と晴が目を合わせてニヤリと笑った。
「「バーカ」」
　その言葉に俺も笑った。
　帰ってきたら、俺にバカって言ったこと撤回させてやるからな。
　そう心に決めて、

「行ってくる」
　そのまま玄関のドアを、開けて走り出す。

　中村さんに伝えたいことがある。
　好きがわからないなんて、嘘だ。
　俺は美羽の言うとおり嘘つきだ。
　見えてるものを掴めるものを遠ざけてたのは俺自身だ。
　ずっと自分に蓋をしてた。
　失うのが怖いから逃げてたんだ。
　けどそれじゃ、何も始まらないんだよな。
　まっすぐ見ないと、手に入らないんだろ？
　なあ、中村さん。認めるよ。
　俺、中村さんが好きだ。

話をしましょう

　さて、どうしたものか。
　自分の思いを胸に、花那ちゃんの反対を押しきり、亜美さんの高校にやってきたのはいいものの……ここはどこ？
　有紗、迷子になっちゃった！
　てへ！と、ボケてみても、ここには誰も突っ込んでくれる人はいない。
　非常に悲しい。
　心細い。
　西高は私立だし警備が厳しいのかと思いきや、警備員さんはまさかの居眠り中。
　こんな緩い警備で平気なのか……と、私のほうが不安になるわ。
　まあ、今回はそのおかげで中に入れたわけだし、警備員さんには感謝しなきゃだけどね。
　てわけで、すんなり学校内には入れたけど、私、西高の生徒じゃないのよね。
　だから当たり前だけど、制服のデザインが違うわけで、それはそれは目立つんです！！
　西高のみなさまからの、"なんでこんなヤツがここにいるんだ"という視線がすれ違いざまに突き刺さる。
　こりゃ、早いとこ亜美さん見つけないと先生方に追い出されるな。

できるだけ目立たないように廊下の端に移動してみるけど、あまり効果はなさそう。
　えっと、亜美さんは私と同じ年なはずだから２年生の教室を見つけたらいいんだよね。
　やっぱり、２年生ってことは２階？
　自分の直感を信じ、とりあえず目の前にある階段をのぼってみる。

「ねえ、キミそんなとこで何してるの？　その制服、うちの生徒じゃないよね？」
　ぎゃっ!!　心配してた矢先にー！
　無駄にガタイのいい体格に、ドーンという効果音がとても似合う男の人に声をかけられた。
　おそらくこの人は制服を着ているから先生ではないだろうけど、私の敵には違いない！
　やばい逃げないとっ、強制送還されてしまう！
「いえ、あのごめんなさい！」
　私が走り出すと、当然のごとく追いかけてくる。
　その表情はもはや熊だよ、熊！
　あなたはいったい何歳だよってくらい老け顔なの？
　なぜ高校生でヒゲが濃いのー!?
「キミは廊下を走るなって知らないのかー！」
　習いました習いました！
　つい最近も言われましたよ！
　でもどうせそのセリフ言われるなら、私は五十嵐くん希

望でーす!
　五十嵐くんに言われるから聞こうと思えるんじゃないですか!
　あなたごときが五十嵐くんと張り合おうなんて、100万年早いんだ!
　足の速さには自信があったけど、廊下にいる人を避けながら速く走るっているのはさすがに難しい。
　と思っていると腕を掴まれた。
　ああ、あっけなく捕まった……私の人生って儚い。
　っていうかこの人、何？　いったいどちら様で？
「俺はこの学校の生徒会長で……」
「わかりました、生徒会長さん。私を拉致する気ですね!?　そうはいきませんよ!」
　最後まで言わせてたまるか！という謎の対抗心にかられ、思わず遮ってしまった。
「私には正義の味方、防犯ブザーがあるんですから!」
　それから水戸黄門の助さんばりの勢いで『これが目に入らぬか!』と防犯ブザーを見せつけた。
　っていうかうちの学校、こんなのが生徒会長じゃなくてよかった。
　「規則規則!」とか言って、高校生活の楽しさを半減させてるよ絶対。
　学園祭とかほとんどの企画も通らなそうだし。
「何バカげたこと言ってんだ、キミは。ほら学校に連絡するぞ。元々そっちが不法侵入してきたんだろ？　正義は

こっちにあるはずだぞ。ほらついてこい」
　掴まれた腕を解こうと、腕をブンブンと振りまくる。
「嫌です！　私にはやらなきゃならないことが!!」
　私には、使命があるんです！
　どうかわかってください！
「あれ？」
　必死でどうにか逃げようとしていると、突然どこかで聞いたような声が耳を掠めた。
　甲高くて甘い感じの……あ！
　声のするほうに顔を向ける。
「亜美さん……！」
　やっぱり、亜美さんだ！
　よかった！
「あー！　やっぱり、こないだの子だっ」
　亜美さんは、かわいらしく首をこてんと傾げて微笑んだ。
「私、あなたと話がしたくて来たんです!!」
「キミの知り合い？」
　私が亜美さんに微笑みかけると、ふぬけたように生徒会長さんの掴む腕が緩んだ。
　よしっ、今だ！
「そうでーす！　じゃ、お世話になりましたー！」
「えっちょ……」
　突然のことに呆然としてるのか、ぽかんとしてる生徒会長さんを置き去りにして亜美さんの手を引いていく。

あまり人目につかなそうな、渡り廊下っぽいところまでやってきた。
　ここがどこなのか、正確には知らないけど。
「もう、突然何するの？　びっくりしたー」
　亜美さんはやっと止まったーと言いながら、「はあ」と息を整えている。
「突然ごめんなさい！　でもさっきは助かりました、ありがとう。私、中村有紗って言います！」
　まずは礼儀正しさを見せないとね。
「ふーん、有紗ちゃんね。ねえ、こんなところで何してるの？」
　まだ亜美さんは笑顔のまま。
　どこから見ても完璧な笑顔。
　たぶん、崩すのは至難の技。
　この笑顔、ムカつくなぁ。
　どうにかできないかしら……。
「実は五十嵐くんのことで、亜美さんにお願いしたいことがあって」
「私に、柊のこと？　何？　このあと予定あるから手短にしてほしいんだけどー」
　この間と同じ、表面上は友好的な笑顔を浮かべている。
　でも私は見逃さないよ？
　今、五十嵐くんの名前を出した時に眉がちょっとだけ動いたよね、亜美さん。
　やっぱり何かしら思うところはあるのかな？

「そんなに時間は取らせませんっ」
　私も友好的な笑顔を浮かべた。
　それじゃ時間もないことだしさっそく本題に……。
「あ、もしかして、もう二度と柊に会うなって言いに来たとか?」
　って、私が話し始める前に遮られてしまった。
「いや、あの」
「中学のころもいたんだよね、そういう子。自分は告白する勇気もないくせに嫉妬だけ1人前にしちゃって、ふふっバカみたいだったなー」
　口を挟んでみても、昔話を進める亜美さん。
　クスッと笑う表情はかわいらしいのに、言っていることもその笑顔も怖い。
　あの私、そんなこと聞きたいんじゃないんだけどな。
　私の話を聞いてくれるんじゃなかったのでしょうか？
「えっと、あの」
「でもさ、そういう子って大抵自分に自信がないからって、亜美のこと逆恨みしてくるんだよねー」
　ダメだ。何も言わせてくれない。
　ていうか、もはや私の話を聞く気ないんじゃないの？
　あー、だんだんイライラしてきた。
　もしかして、こうやって今までもライバルの女の子たちを撃退してきたの？
　相手の精神力から削いでいく方法ね、なるほど。
　そりゃ効果的だ。

相手がかわいらしいか弱い女の子ならって、話だけど。
　私を、そんじょそこらのお嬢さんと一緒にされちゃ困るんだな。
　その手の言葉、残念ながら私にはまったくきかないよ？
　私の精神は、そんなヤワにできていない。
　亜美さんのほうを見ると、意地悪そうにクスクスと笑いながら話してる。
　うん、もう十分すぎるほど聞いたよね？
　そろそろ、かな。
「亜美のところに来る前に自分磨きでもしてくれば？って感じー。もう笑っちゃ……」
「うるっさい!!」
　私が遮って、声を荒げると亜美さんが肩をビクつかせた。
　亜美さんにニコッと笑う。
　あ～スカッとした。
　今度は私の番だよね？という意味を込めて。
　私、やっぱり性格よくないなぁ。
　五十嵐くんみたいになるには、だいぶかかりそう。
　でもまぁ、今はこの性格の悪さも必要だよね。
　それに私、この性格が気に入っているし。
「亜美さん、時間ないんだよね。だったら無駄口を叩かないで私の話を聞いて？」
　そう言うと、亜美さんは不服そうに口を噤んだ。
「それに私は『五十嵐くんにもう二度と会うな』って言いに来たんじゃないよ、むしろ亜美さんには五十嵐くんに

会ってもらいたくてここに来たんだから！」
　亜美さんが都合のいいように、勝手に話を進められたって困る。
　私は亜美さんに会わないで、なんてこれっぽっちも頼みたくないんです！
　ご希望に添えなくてすみませんね。
　でも、先にケンカ売ってきたのは亜美さんだよ？
　私、売られたケンカは買わせていただく主義なんで。
「は？　亜美、意味わかんないんだけど」
　亜美さんは気に食わないという表情を浮かべ、ため息をつきながら腕を組んだ。
　やっと本当の亜美さんが見られた気がする。
　もう友好的な笑顔も柔らかい言葉も、亜美さんからはうかがえない。
「私が考えたスリーステップ！　ステップ１、五十嵐くんのいいところを亜美さんにすべて教え込む。ステップ２、亜美さんに逃がした魚はでかかったと後悔してもらう！　そしてステップ３、五十嵐くんに中身ないって、つまんないって、言ったこと訂正してもらう！　これでどうだ!!」
　１、２、３と指で形作って示して詰め寄ると、亜美さんは一度真面目な顔を浮かべて、それから「ぷっ」と吹き出した。
「あはっ、あはは！　ふ、ふっ、あはは！」
「亜美、さん？」
　ウケた、わけじゃないよね。

わかってもらえたわけでもないよね。
　たぶんこの笑い方は……。
「ねえ、有紗ちゃんってバカじゃないの？　亜美に全部包み隠さず目的まで言っちゃって、そんなこと言われて亜美が後悔するわけないじゃん」
　やっぱり、いい笑いではなかったか。
　今度は亜美さんに詰め寄られ、人差し指でクイッとアゴを突つかれた。
　バカにしてる瞳に見上げられていい気分はしない。
「っていうかそれ以前に、勝率ないのにいきなり私の学校に乗り込んでくる時点で結構なバカだよね」
　ふふん、と挑発的な笑顔。
　これだけ『バカバカ』言われると……さすがの私もなんかムッとするな。
　いや別にバカを否定するつもりないけど……バカだとはよく言われるし、特に真紀にはしょっちゅうね。
　でもいつも以上に、こんなにムカッとするのは、相手が亜美さんだからなのかな？
　ってまあ、ここでイライラしていてもいいことないか。
　ここはひとまず落ちついて、亜美さんに言われたことはスルーしましょう。
　息を吸って深呼吸をする。
　私の中の数少ない冷静さを失ったら、それこそまずい。
「じゃ、とりあえず、ステップ1から始めていい？」
　五十嵐くんのいいところを教え込むって、何から始めた

らいいのかな？
　やっぱり日常編？
「だーかーら！　亜美はそのスリーステップに乗るなんて言ってないっ、勝手に話を進めないでよ！　私、帰る」
「あ、待って！」
　手首を掴んで振り返った亜美さんに、友好的な微笑みを向ける。
　初めて会った時、亜美さんが浮かべていたような笑顔。
　ここで帰られちゃ困るな。
　まだ私、なんの目的も果たせていない。
　もし帰るって言うなら、
「何度だって来るよ。単純でバカだから、隠し事とかできないから。勝率とか気にしてられないよ！　亜美さんにわかってもらえるまで、何度だって五十嵐くんのいいところ伝えに来るよ！」
　直球勝負しかできないから。
　駆け引きとかわかんないから。
　しつこいって言われても来るよ。
　それが、私が五十嵐くんにできることだと思うから。
　五十嵐くんのいいところを、わかってもらえるまで。
　私の言葉に亜美さんは、まず初めに驚いて次に考え込んで、最後にまた、かわいらしく首を傾げた。
「有紗ちゃんはそれでいいかもしれないけど、柊はどう思ってるのかなぁ？　もう私と会いたくないかもしれないよ？　有紗ちゃんのすることに、柊は迷惑だって思ってるかもし

れないよ？　柊を傷つけてまで私と会わせたいって、それ有紗ちゃんの自己満足だと思うなあ」

　亜美さんが手を口元に当てて、クスッと笑った。

　嫌だ、負けたくない。

　勝負なんかじゃないけど、なんかここで絶対に引きさがりたくない。

　ここで引くほど気弱な私じゃないでしょ？

　拳を握り、目に力を入れる。

「確かに迷惑、かもしれない。自己満足なのかもしれない。でも、五十嵐くんなら迷惑なことは迷惑だってそう言ってくれるよ。だから私は迷惑してるって五十嵐くんに言われるまでやめないよ。自己満足でもなんでも、亜美さんが五十嵐くんのことわかってくれるまで、やめない」

　五十嵐くんは優しいから普段迷惑かけてもほとんど怒らないし、笑って許してくれる。

　でも、自分の意思をしっかり持っていて結構頑固な人だから、本当に嫌なこととか、迷惑ならきっとそれは言ってくれるって信じてる。

　私は、私の知っている五十嵐くんを信じてる。

「亜美さんがつけた傷は亜美さんにしか治せないから。私がいくら慰めようとしても、それはただの同情になっちゃうもん」

　同情は、きっと五十嵐くんが望んでないから。

　それはすべきじゃないと思った。

「私にしか治せない？」

亜美さんの口角が弧を描いた気がした。
　何か来ると、直感で思った。
「だったら有紗ちゃんは私に一生敵わないってことだよね？　だって柊はずっと私のこと忘れられないんだもん。それわかってて話してるの？」
「……あ……」
　言われてみればそうだ。
　亜美さんに頼むってことは、私にはできないことだからで、それはつまり、私じゃ亜美さん以上にはなれないってことだ。
　なんでそれに気づかなかったんだろう。
　肝心なところでダメじゃん。
　五十嵐くんに笑っていてほしい、それがいちばんなはずなのに。
　私は亜美さんに敵わない、その事実がこんなにも胸に刺さるのは、私がどこかで期待してたからだ。
　亜美さんのことが解決すれば、私にも可能性があるかもって心のどこかで思っていたからだ。
　ずるい、いちばんずるくて汚いのは私じゃん。
　亜美さんに突っかかるのは、もちろん五十嵐くんに笑っていてほしいからっていうのもある。
　けどそれ以外に、嫉妬の気持ちがなかったって言ったら嘘になる。
　それを、自覚してしまった。
　ああ、どうしてこうなっちゃうんだろう。

こんな嫌なヤツになりたくないのに。
視線を下げて下唇を噛む。

「それは、違うな、っはあ、亜美」
　すると低すぎないけれどいつもより掠れた、あの声が上から降ってくる。
　思わず顔を上げる。
「五十嵐……くん？」
「柊？」
　亜美さんと声が重なった。
　五十嵐くんには珍しく制服が乱れ、息が絶え絶えで苦しそうに酸素を求めている。
　首筋には汗が浮かんでいるって……もしかして走ってきたの？
　五十嵐くんが、なんでここにいるの？
　どうして？
　この場所を知ってるの？
　と、いろいろ思うことはあるけど……でもこんな状況で私、五十嵐くんに見られたくない。
　五十嵐くんが深呼吸してる息づかいが聞こえてくる。
「俺、自分でも気づかないうちに亜美のことを吹っきれてたみたいだ」
「「え」」
　思いがけない言葉に口が勝手に開いた。
　またもや亜美さんと声が揃った。

だって、ついこの間までっていうか昨日まで辛そうに話していたのは、他でもない亜美さんのことだよね？
　それなのに、吹っきれたってどういうこと？
「だって俺、今好きな子いるから」
　そう言っている五十嵐くんは確かに迷いがなくて吹っきれていて……って、違うよ!!
　そんな冷静に、五十嵐くんの状態を分析している場合じゃない！
「好きな子!?」
　ダメだ、話が飛躍しすぎていて頭がついていかない。
　だってだって、昨日まで好きがわかんないとか恋愛は無理って言っていた五十嵐くんだよ!?
　いったい、今日１日で何があったって言うんだ！
　人ってこんなにすぐにでも変わることできるんだね！いや、もうマジでびっくりなんですけども！
　さっき自己嫌悪に陥ってたのが嘘みたいに、あまりの急展開のせいで吹っ飛んでしまった。
　それに……五十嵐くんが吹っきれてくれてうれしいけど、すでに好きな子がいるってなるってちょっと複雑かも。
　そしたら、私のやっていることって本当に無意味になってしまうから。
　しかも、好きな子って誰なんだろう……。
「好きがわかんねーとか、そんなん嘘だよな。だって今、１人の子で頭ん中を埋め尽くされてる。亜美のこと、都合のいい逃げ場にしてたんだ。俺には無理だって自分がヘタ

しなくせに、それを勝手に亜美のせいにしてた」
　なんで私を一直線に見つめてくれるんだろう。
　いつもの優しい瞳よりも強く、まっすぐな瞳で。
　私に感謝でも、してくれてるの？　なんて思ったら図々しいかな。
「突然来たと思ったら、いったいなんなの？　亜美はそんなこと、ひと言も聞いてないよっ」
　腕を組んでため息をつく亜美さんに、五十嵐くんがいつもの爽やかな笑顔を浮かべた。
「亜美に会いに来たんじゃないから、今、来たのは……」
「わ！」
　突然、腕を引かれたと思ったら気づけば五十嵐くんの胸の中。
　五十嵐くんの腕も、胸も熱い。
　きっと走ってきたからだ。
　五十嵐くんの顔は見えないし、今、見ようなんてちょっと私にはできない。
　そんな勇気はない。
　でもたぶん私の全身も、同じくらい熱くなってる。
「中村さんを迎えに来たんだ」
　五十嵐くんが喋るたびそれが響いて、私のおでこに直に伝わってくる。
　ああもう、五十嵐くんはなんでこういうことをさらっと言うかなあ。
　例え、五十嵐くんに好きな人がいても。

私ってたぶん相当な幸せ者だよ。
　だって五十嵐くんに、こんなことしてもらえているんだもん。
　中村さんって呼んでもらえて、迎えにきてくれちゃうんだよ？
　そんなの、十分に私の王子様だよ。
　惚れないほうが無理だ。
「なに、それ。迎えって、有紗ちゃんが勝手に来たんじゃん！　亜美を悪者みたいに言わないでよっ」
　その言葉に、五十嵐くんが私の体に回していた手をゆっくりと離した。
　はあー、やっと息できる。
　なんで私、息止めてたんだろ。苦しかった！
　それにしても……っんとに、びっくりしたー！
　もうちょっとあのままでいたかった、なんて思いは絶対言えない。
「亜美を悪者にしようなんて思ってない。ただ単に俺は本当に、中村さんを迎えに来ただけなんだよ」
　亜美さんの右眉がピクリと動いた。
「なに、それ。言っとくけど振ったのは亜美なんだからね！　今さら柊に振られたみたいな言い方、やめてよね！」
「うん。知ってる、俺は亜美に振られたから。辛かったし恨みもした。でもさ、俺は確かに亜美といて楽しかった記憶もあるんだよ。だから今、前に進める。その記憶だけは、思い出に残しておいてもいいか？」

こういう五十嵐くんを見ていると、吹っきれたって言ってたことが嘘じゃないっていうのがわかる。
　キッパリ伝えることができるのは、きっと五十嵐くんの中で解決したからだ。
　五十嵐くんはどうしてこんなにいい人なんだろう。
「そんなの、柊の勝手にすればいいじゃん！　私の許可なんていらないもん」
「ん、じゃ覚えとく」
　五十嵐くんが笑顔で言うと、亜美さんはプイッと効果音がつきそうなほど勢いよくそっぽ向いて去ろうとして、足を止めた。
　そして一度、私に目をやった。
　かと思うとキッと睨まれた。
「私、有紗ちゃんみたいな子、大っっ嫌い!!　まっすぐで、何を言ってもくじけない子って大っ嫌い!!」
「は、はい」
　すっごいはっきり言われた。
　いや、わかってたけど。
　嫌われてるのくらい態度でわかってたし、私だって亜美さんのこと敵視してたし……。
　でもそんなはっきり言わなくても……そこまで言われるとさすがに傷つく。
「有紗ちゃんに負けたなんて、これっぽっちも思わない！　柊を取られたなんて思ってない！」
　亜美さんが1拍置いた。

「けど、そのしつこさだけは……認める。ばいばいっ、もう会いたくない！」
　こないだのかわいらしい笑顔からは想像できないほど、恐ろしい顔をしてズンズン歩いていく。
　やっぱり、売られたケンカは買うべきだよね？
　よしっ!!
　行け、私！
「私、亜美さんにすっごいムカついた！　バカバカ言いやがってーって思った!!　でも、亜美さんが言ったことも一理あるって思った！　悔しいけど、認めたくないけどね!!　話を聞いてくれてありがとうー！　私はまた会いたいよ！」
　去っていく背中に大声をかけると、振り向きざまに思いっきり"あかんべー"と舌を出した。
　あはは！　かわいいなー。
　私は友好的な笑顔浮かべている亜美さんよりも、今みたいな亜美さんのほうが好きだな。
　そのほうがわかりやすいし、本当の亜美さんって感じがして。
　なんて思うと、自然と笑ってしまいそうになる。
　と、突然、殺気めいたオーラを背後から感じた。
　な、なんだ？
　この黒い背筋が凍るような感覚は！
　どんどん迫ってくるような……も、もしかしてこの殺気って五十嵐くんから!?

いや、むしろ五十嵐くん以外いないよね？
　だって亜美さんが去ったってことは、今この空間にいるのは私以外には五十嵐くんで。
　ど、どうしよう怖くて後ろ向けないんだけど。

「で、中村さん？　俺、怒ってるって言ったよね？」
「は、はひ！」
　や、やっばい噛んだ！　舌痛い！　じゃなくって、口調はいつもと大差ないけど、雰囲気が絶対に五十嵐くん怒ってる。
　ああもう、どうしよう！　私、何か五十嵐様の逆鱗(げきりん)に触れちゃったの!?
　あの優しい如来様が怒るって相当じゃない？
「とりあえずこっち向けば？」
　いつの間にか、いつよりもぶっきらぼうな口調……。
　そう言われるともう振り向かないわけにもいかず、恐る恐る振り返る。
　五十嵐くんをチラッと見ると、下を向いているせいか前髪で表情が隠されていて全然わからない……けど、これ絶対に怒ってる。
「中村さんは、こんなとこまで来て何してんの？」
　目線は変わらず下を向いたまま。
　怖い、けどいつまでも怯えていても仕方ない！　ここは腹くくるしかない！
「いや、あのですね。ちょっと亜美さんにお願いしたいこ

とがありましてですね……それで会いに行っちゃおうかなーみたいな、あはは」
　しーんとした空間に私の笑い声だけが響く。
　なんだこれ、辛い辛すぎる。
　さっきから五十嵐くんが、まったく笑ってくれない。
　やばいこれ本気なやつだ。
　だってあの如来様の五十嵐くんだよ？　そんな人が怒っているんだよ？
　普段優しい人ほど怒ると怖いって言うけど、まさに五十嵐くんはそれだよっ！
「亜美に何を頼もうとした？」
　これ以上、隠してたっていいことないよね。
　どうせ五十嵐くん相手に隠し事なんてできないし。
　言うだけ言って、怒られたらしょうがない！
　平手打ちくらいなら甘んじて受け入れますよ、はい。
　だって、ここに来たこと私は後悔してないもん。
　さあ、覚悟を決めて切腹しよう！
「五十嵐くんのいいところを伝えて、わかってもらおうとしてました……勝手なことしてごめんなさい！　１発殴っても煮ても焼いても何したって構いません!!」
「殴っても煮ても焼いても？」
　まだ五十嵐くんは下を向いたまま。顔は見えない。
　低く怖く、声を出してる。
　マジで殴るの!?
　いや、まあ自分で言ったんだし当たり前か。

うん、私、五十嵐くんに殴られてもきっと悔いはない!!
　……でも、あんまり痛くないといいな。
　と密かに願う。
「はい! どうぞ!! 1発、お願いします!!」
　そう言いきって、ぎゅっと目をつむった次の瞬間、
「へ?」
　バカみたいな声を漏らして私は、目を開けていた。
　だってだって私、五十嵐くんに……抱きしめられてる。
「あの殴るんじゃ……」
「殴るなんて、ひと言も言ってねーよ」
　耳元で聞こえる言葉に、勝手に速まる鼓動。
　なんで、別にドキドキするような言葉じゃないのに。
「っと、ムカつく」
　そう呟くと、これでもかってくらいに、きつくきつく抱きしめられる。
　痛いほどに力がこもっているのがわかる。
　そんなことないのに、大切だって言われてるみたい。
　やばい、勘違いしそう。
　期待しちゃうじゃん……。
「あの五十嵐くん、苦し……」
　苦しいのに、なんでこんなにうれしいんだろう。
　口は勝手ににやけてくるし、怒られてるのになぜか心は踊ってる。
　鼓動が速いの聞こえちゃったりしてないかな?
「言っとくけど、離さねーから。嫌ならこれに懲りてもう

勝手に行動しないこと」
　嫌じゃないです、むしろご褒美です。
　抱きしめてもらえるならまた無茶しようかな、なんて絶対に言えないけど。
　しばらくこのままでもいいって、そんなふうに思っちゃうのは私が五十嵐くんのこと好きで好きで仕方ないからだと思う。
「はい……もうしません、たぶん」
　なんて思ってもみないことを言ってしまう。
　はあ、と五十嵐くんがため息をついて私の体を解放する。
　もうちょっとこのままでいたかった。なんて言ったら、きっと五十嵐くんに引かれちゃうよね。
　腕に残る温もりと、きつく抱きしめられたせいでできた制服のシワ。
　もうちょっとなくならないで、ほしいな。
　五十嵐くんに関わるものすべて、取っておけたらいいのになぁ……。
「マジでなんで勝手なことすんの？　いつもそうだよな。中村さんって気づいたら、やめろって言うよりに先に動いてる、チッ」
　い、今、五十嵐くんが舌打ちした!?
　どうしよう、そこまで怒られるのは想定外すぎだよ！
　と、とりあえず謝っておこう、かな……。
「ご、ごめんなさい。五十嵐くんが辛そうだったからつい、何かできないかなって」

「本当、勝手に動いてばっか」
　前髪の間から覗く目がギラリと光っている。
　ここまで感情露わな五十嵐くんって、初めて見た。
　私は、それだけのことをしちゃったんだ。
「ごめん!!　五十嵐くんが迷惑なら、もうしない……よう最大限努力します！　だから、迷惑ならはっきり言ってください!!」
　前屈するみたいに必死に頭を下げて誠意を見せる。
「違う、迷惑とかじゃねーよ。そんなこと言いたいんじゃない」
「迷惑、じゃないの？」
　あれ違うの？と思って思わず顔を上げた。
　じゃあなんで、五十嵐くんはこんな怒っているの？
「頼むから、もっと自分の身を大切にしてくれよ。今日だって、危ない目に遭ったらどうするつもりだったんだよ。俺がいなきゃ助けることもできねーよ。他校なんて誰も知り合いいないんだぞ？」
　違う、怒っているんじゃない。
　今日の五十嵐くんの瞳、ギラリと光ってるんじゃない。
　まっすぐで強いんだ。
　一見怖いけど、それはいつもの五十嵐くんみたいに優しさで溢れているんだ。
　もしかして、心配してくれてるの？
　私が危ない目に遭わないように、助けてくれるの？
　ふふ。も、優しいなあ。

ダメだ。うれしくって、どうしたって頬が緩む。
　私のこと、心配してくれるんだ。
　でも、そこまで心配してもらうほど私はヤワじゃない。
「五十嵐くん、心配しなくても大丈夫だよ。ほら、私には防犯ブザーがあるって前に言ったじゃん？」
「はあ、何が大丈夫なんだよ。防犯ブザーなんて壊されたら終わりだし。人のために行動してんのはどっちだよ！誰にでも、どんなヤツにもそんなことすんのかよ！」
　は？　誰にでも？
　私の中で何かがプツリと音を立てた。
　うれしかったほわほわしていた幸せな気持ちが、どこかへ飛んでいった。
　ふつふつと湧いてくる怒りにも似た感情。
　何それ意味わかんない。
　なんでそんなこと言われなきゃなんないの？
「誰にでもって何？　私、そこまでお人好しじゃないよ。五十嵐くんみたいに誰にでも優しくなんかしない。好きだから、大好きだから助けたいって思うんだよっ！」
　これ以上、言っちゃダメだ。
　そう思ってるのに口が止まらない。堰(せき)を切ったように止まらない。
　思っていたことが溢れて溢れてなくならない。
　感情が制御できなくて、瞳が潤んできた。
「下心なんて、あるに決まってるじゃん！！」
　ああ、言っちゃった。

ずるくてずるくて嫌になる。
　でも、止まらない止められない。
　だって誰にでもこんなことしているって、五十嵐くんだけにはそう思われたくない。
「ちょっとでも、五十嵐くんに見てほしいよ。好感度が上がるかなって思ってるに決まってるじゃん！」
　五十嵐くんが息をのんだ。
　もうこうなったら言うだけ言ってやるんだから！　思っていること全部言いきってやる！
　醜くても、ずるくても、これが私なんだから隠しようがない。
「五十嵐くんが亜美さんのこと吹っきれて、好きになってもらえたらいいなって思ったりするよ！　だってだって、好きだもん！　私、五十嵐くんがす……」
　これ以上、言えなかった。
　甘く溶かされる、のみ込まれた五十嵐くんの唇に。
　あまりに唐突すぎて目を閉じる隙もないほど一瞬で。
　考えていたこと全部、消えて真っさらになる。
　驚いたままの表情で、ぽかんとして私の表情はそれこそバカみたいだと思う。
　五十嵐くんのまっすぐ強い瞳だけが、私の視界に映っている。
　その先は俺から言わせて
　そっと人差し指を私の唇に当て、あやしげにほほ笑む。
「……」

「俺だって、誰にでも優しくした覚えねーよ。優しいだけのヤツ、って思われたら困るんだけど？」
「え、でもだっ、て」
　ダメだまともに頭も口も回らない。
　五十嵐くんしか目に入らなくて、目の前の五十嵐くんのことしか考えられない。
「今だって中村さんを独り占めしたいと思ってる」
「え？」
「好きだよ、中村さんが。まっすぐなとこもいつも全力なところも、中村さんの笑顔も、思ったより大胆なとこも。でも、俺のこと考えてる中村さんがいちばん好きだ」
「う、嘘」
　だってだって、好きな子って、え？
　確かにあの時、私のほうを見てくれているなーとは思ったけど……でも、え？
　私が混乱している中、五十嵐くんの温かい手が私の手に触れた。
　五十嵐くんの優しい瞳にこんな近距離で見られると、私もう……ダメだ。
　何も考えられなくなる。
　っていうか余計なこと、考えたくない。
「だからさ、俺のことだけ考えてよ？」
　そう言って、不敵に笑ってみせる。
　目はそらさずに、頷いたのを合図に五十嵐くんの顔が近づいてくる。

もう一度、惹かれ合って、甘く溶けていく。
今度は目を閉じた。
さっきよりも長く、優しくとろけてしまうほどに、甘い。
もう、何も考えられず真っさらだ。
だけど、それでもいいや。
だって、私も五十嵐くんが好きだから。
それ以外、何もいらない。

ノートは取っておきましょう

　放課後。
　五十嵐くんと待ち合わせ。
　みんなから大人気な五十嵐くんは、今日も相変わらず忙しそう。
　私と五十嵐くんの関係は、花那ちゃんと晴仁くん以外には言っていない。
　だから、あまりいつもと変わったところはないかな？
　ほら、ファンクラブのみなさまに見つかったら、やばいからね。
　1人で納得しつつ私は教室で1人、机からある物を取り出した。
　自然と口元が緩む。
　もう捨てようと思ったけど、やっぱり捨てられなかったノート。
『王子様の弱点ノート』
　これを作ったころは、まさかこんなことになるだろうとは夢にも思わなかったな。
　捨てなくて、よかった。
　たくさんたくさん五十嵐くんのことが、書いてあるんだもん。
　これのおかげで自分の気持ちに気づけたわけだし、捨てるなんてそんなひどいことできないわ、と、調子のいいこ

とばかり思っている。
　昨日と言っていることが正反対なのには、目をつむりましょう。
　亜美さんとのことを書いて、昨日のことも書いてぴったり終わるかと思いきや、ラスト1ページだけ空白が残ってしまった。
　こうなると、意地でも1ページ書いてから終わらせたい！と思うのが私。
　何を書こうかな……。

「中村さん、何してんの？」
　と、ラスト1ページを眺めていると、五十嵐くんが職員室から戻ってきていた。
「あ、もしかして美羽が言ってたのはこれのことか」
　私の前の席に座って、ノートを覗き込む。
「え！　美羽ちゃん言ってたの？」
　もう、美羽ちゃん。
　照れるじゃないの。
　五十嵐くんに知られていないつもりだったのに。
「昨日、聞いたんだよ。中村さんが俺の弱点をノートに書いてるって」
　って、昨日だったのか。
「なあ、最後のページ。俺が書いてもいい？」
「え、あ。どうぞ」
　私が言うと五十嵐くんが自分のほうにノートを向けた。

まさかまさか自分の弱点を教えてくれるなんて、そんな人がいるんでしょうか？
　　いや、ここにいるね。
　　それにしても、まだ私が知らない弱点があったのか、と、少し悔しい気持ちになる。
　　私のペンを握って、いつもどおりのお手本みたいなキレイ文字で文字を書き始める五十嵐くん。
　　逆さまに見るノートってなんか新鮮……。

　　中村有紗

「って、私！？」
　　えと、それは……どういうことだ？
　　五十嵐くんはいつもの爽やか笑顔を浮かべている。
　　私が、五十嵐くんの弱点？
　　ってことはもしかして。
「それはつまり私を好きになったことが五十嵐くんの弱点で……女の趣味が悪いってことですか？」
　　そんなはっきり書かれると、さすがにショックを受けるんですけども。
　　しかも、私のノートなのに残ってしまうじゃないか！
「っふ、はは、そんなわけないだろ？」
「なんだ、違うのか……」
　　ホッと、ひと安心。
　　付き合ってその次の日に振られるなんて、そんなの絶対

に嫌だよ。
「俺、中村さんが何かするたびに、焦って戸惑って緊張して落ちつかなくて、こそばゆくてうれしくて大切にしたくなって、いろんな感情が入り交じって自分が自分じゃなくなるんだよ」
　そんなうれしいことをまっすぐ見つめて言われたら、ドキドキしてどうしたらいいかわからなくなる。
「たぶん俺、中村さんに何かされたり手を出されるのがいちばんこたえる。だから、中村さんが弱点」
　続けて「だからさ……」と言うと、五十嵐くんが私の耳元に口を近づけ……。
「ずっと、そばにいてよ」
　五十嵐くんが近づく。
　吐息が耳に当たりそう。
　五十嵐くんの手が優しく私の髪に触れた。
　そんなの言われなくたってそばにいます！
　ウザいくらいにつきまとってやります！
　五十嵐くんはカッコよくてみんなの王子様で憧れで気がきいて優しくて友達思いで家族思いで……欠点なんて何もない……ように見える。
　でも、そんな五十嵐くんにだって後悔してることだってあるし間違えることだってある。
　だからそんな五十嵐くんをたくさん見たいんだ。もっともっと知りたいから。
　もう少しだけ五十嵐くんを独り占めしてもいいかな？

今だけは、私の王子様ってことにしていてもいいかな？
　もっと笑ってほしいから。
　なんて言ったらキミの笑顔が見られるかな、そう考えるだけで幸せになれるから。
　って、あれ？
　髪に何か……と思って髪に手を当て取り外す。
「これって、こないだの……」
　美羽ちゃんの誕生日プレゼント選んでた時に、廃案になったのかと思っていた！
　まさか、私のために取っておいてくれた、とか？
「前にハンカチ貸してくれた時、あれ汚しちゃったから代わりにと思ってさ。うん、よく似合ってる」
　微笑んで、もう一度そっと私の髪を撫でる。
　う、あ、わ……。
　そんな顔しないで！
　こんなサプライズうれしすぎる。
　うれしすぎるし、幸せで天にものぼれそうだけど！
　髪に触れられた上に、そんな優しくて素敵な笑顔を向けられたら私……ああもう!!　ダメだ！　こんな顔、見せられない！
　ノートで顔を隠した。
　のに、ノートをずらされ、結局は赤く染まった顔を見られてしまう。
　こんなの嫌だ。
　完熟トマトみたいな顔、見られたくない。

「何、考えてんの？」
　珍しく意地悪な五十嵐くんに勝手にときめくのは、どうにかならないもんなのか。私の心臓よ。
「っ、もう！　五十嵐くんのことだよ！」
「はは、俺もだよ」
「!?」
　ムキになって反撃すれば倍になって返ってくる。
　はあ、こんな王子様、心臓が持たないんですけど。
　でも、まあ……楽しそうに笑う五十嵐くんを見れば、まあいっかって思えちゃうから。
　私もつられて笑ってしまう。
　このまま、こんな幸せな時間が五十嵐くんと続けばいいなって思う。
　このことノートに書いておきたいな。
　そうだ、新しいノートを用意しなきゃ。
『王子様の弱点ノート』
　ノートを閉じて表紙を撫でた。
　このノート、弱点ノートというよりも、もはや五十嵐くん日記みたいになってるよね。
　どっちでもいいんだけどね？
　このノートも、ノートの題名も気に入ってるから。
　次の題名は、王子様の弱点ノート２、かな？
　うーん、なんかしっくりこないんだよな。
　ジーッと五十嵐くんを見つめる。
　と、視線に気づいて目が合って微笑んだ。

「ん、どした？　中村さん」
　いや、やっぱり王子様じゃなくて……。
「ふふ、なんでもなーい！」
　私も、ニコッと笑った。
　次は『彼氏様の弱点ノート』かな？
　王子様で、彼氏様の弱点。
　もっとたくさん、全部全部知りたいから。

ＥＮＤ

あとがき

初めまして、こんにちは。あよなです。

この度は『ほんとのキミを、おしえてよ。』をお手に取っていただき、誠にありがとうございます。

皆様のおかげで、三度目の書籍化をさせていただくことが出来ました！

今回、書籍化にあたりタイトルを『王子様の弱点ノート』を『ほんとのキミを、おしえてよ。』と改題させていただきました。どちらのタイトルもこの作品らしくてお気に入りなのですがいかがでしょうか？

また、短いエピソードではありますが『時間を戻せるのなら』という節タイトルで柊サイドのお話も追加させていただきました。

個人的に男の子サイドのお話は書いていても読んでいてもとても好きなので、執筆中とても楽しかったです。好きな人が自分と話していないときでも自分のことを考えてくれていたらこんなに素敵なことはないだろうな、なんて思いながら執筆している時間はとても幸せでした。皆様にも柊サイドのお話を楽しんでいただけたら幸いです。

今回のメインの2人は、完璧すぎるくらい完璧主義な男の子と、まっすぐすぎるくらい直球な女の子です。最初は

柊の設定を完璧王子様ではなく裏ありの王子様にしようかと迷っていたのですが、ひたすらに優等生な、優等生だからこそ悩んでしまう男の子を一度書いてみたかったので裏あり柊は幻となってしまいました。いつかまた書く機会があれば裏ありバージョンの柊を見てみたいなと思います。皆様もよろしければ想像してみてください。

　最後になってしまいましたが、この作品が書籍になるまでに関わってくださった全ての方に感謝申し上げます。書籍化という素敵なお話を持ちかけてくださった編集部の方々、サイトでこの作品に目を通してくださった読者の皆様、いつも私の話を聞いてくださる作家様、素敵な表紙を描いてくださった榎木様、デザイナー様。私の文章がより良いものになるようご尽力くださった酒井様、私の意見を大切にしてくださる優しい担当編集の相川様。

　そして今この本を手に取ってくださっているあなた様。今一度、皆様に心からの感謝申し上げます。本当にありがとうございました！
　たくさんの愛と感謝を込めて。

2017.10.25　あよな

この物語はフィクションです。
実在の人物、団体等とは一切関係がありません。

♥

あよな先生への
ファンレターのあて先

〒104-0031
東京都中央区京橋1-3-1
八重洲口大栄ビル7F

スターツ出版（株）書籍編集部 気付
あよな先生

ほんとのキミを、おしえてよ。
2017年10月25日 初版第1刷発行

著　者	あよな
	©Ayona 2017
発行人	松島滋
デザイン	カバー　金子歩未（hive & co., ltd.）
	フォーマット　黒門ビリー＆フラミンゴスタジオ
Ｄ Ｔ Ｐ	朝日メディアインターナショナル株式会社
編　集	相川有希子　酒井久美子
発行所	スターツ出版株式会社
	〒104-0031 東京都中央区京橋1-3-1　八重洲口大栄ビル7F
	TEL 販売部03-6202-0386（ご注文等に関するお問い合わせ）
	http://starts-pub.jp/
印刷所	共同印刷株式会社
	Printed in Japan

乱丁・落丁などの不良品はお取り替えいたします。上記販売部までお問い合わせください。
本書を無断で複写することは、著作権法により禁じられています。
定価はカバーに記載されています。

ISBN 978-4-8137-0336-5　C0193

ケータイ小説文庫　2017年10月発売

『日向くんを本気にさせるには。』 みゅーな**・著

高2の雫は、保健室で出会った無気力系イケメンの日向くんに一目惚れ。特定の彼女を作らない日向くんだけど、素直な雫のことを気に入っているみたいで、雫を特別扱いしたり、何かとドキドキさせてくる。少しは日向くんに近づけてるのかな…なんて思っていたある日、元カノが復学してきて…？
ISBN978-4-8137-0337-2
定価:本体 590 円+税

ピンクレーベル

『この想い、君に伝えたい』 善生茉由佳・著

中2の奈々美は、クラスの人気者の佐野くんに密かに憧れを抱いている。そんなことを知らない奈々美の兄が、突然彼を家に連れてきて、ふたりは急接近。ドキドキしながらも楽しい時間を過ごしていた奈々美だけど、運命はとても残酷で…。ふたりを引き裂く悲しい真実と突然の死に涙が止まらない！
ISBN978-4-8137-0338-9
定価:本体 590 円+税

ブルーレーベル

『この胸いっぱいの好きを、永遠に忘れないから。』 夕雪*・著

高校に入学した緋沙は、ある指輪をきっかけに生徒会長の優也先輩と仲良くなり、優しい先輩に恋をする。文化祭の日、緋沙は先輩にキスをされる。だけど、その日以降、先輩は学校を休むようになり、先輩に会えない日々が続く。そんな中、緋沙は先輩が少しずつ記憶を失っていく病気であること知り…。
ISBN978-4-8137-0339-6
定価:本体 570 円+税

ブルーレーベル

『神様、私を消さないで』 いぬじゅん・著

中2の結愛は父とともに永神村に引っ越してきた。同じく転校生の大和とともに、永神社の秋祭りに参加するための儀式をやることになるが、不気味な儀式に不安を覚えた結愛と大和はいろいろ調べるうちに、恐ろしい秘密を知って……？大人気作家・いぬじゅんの書き下ろしホラー!!
ISBN978-4-8137-0340-2
定価:本体 550 円+税

ブラックレーベル

ケータイ小説文庫　好評の既刊

『私、逆高校デビューします！』あよな・著

小さな頃から注目されて育ったお嬢様の舞桜。そんな生活が嫌になって、ブリッコ自己中キャラで逆高校デビューすることに！　ある時、お嬢様として参加したパーティで、同じクラスのイケメン御曹司・優雅に遭遇。とっさに「桜」と名乗り、別人になりきるが…。ドキドキの高校生活はどうなる!?

ISBN978-4-8137-0172-9
定価：本体590円+税

ピンクレーベル

『浮気彼氏を妬かせる方法』あよな・著

普通の高校生・唯の彼氏は学園王子とよばれるイケメン流斗。あっちから告白してきたくせに、今日も琉斗は女の子に囲まれて浮気三昧。唯は仕返しに、自分も浮気することを決意した！　ホントは好きなのにうまく言えない不器用王子と、ホントの好きを知っていく鈍感女子のピュアラブストーリー！

ISBN978-4-88381-998-0
定価：本体580円+税

ピンクレーベル

『ぎゅっとしててね?』小粋・著

小悪魔系美少女・芙祐は、彼氏が途切れたことはないけど初恋もまだな女子高生。同級生のモテ男・慶太と付き合い芙祐は初恋を経験するけど、芙祐に思いを寄せるイケメン・弥生の存在が気になりはじめ…。人気作品『キミと生きた証』の作家が送る、究極の胸キュンラブストーリー！

ISBN978-4-8137-0303-7
定価：本体600円+税

ピンクレーベル

『無糖バニラ』榊あおい・著

高1のこのはは隣のケーキ屋の息子で、カッコよくてモテるけどクールで女嫌いな翼と幼なじみ。翼とは、1年前寝ているときにキスされて以来、距離ができていた。翼の気持ちがわからずモヤモヤするこのはだけど、爽やか男子の小嶋に告白されて……？　クールな幼なじみとの切甘ラブ‼

ISBN978-4-8137-0321-1
定価：本体590円+税

ピンクレーベル

ケータイ小説文庫　好評の既刊

『今宵、君の翼で』Ｒｉｎ・著

兄の事故死がきっかけで、夜の街をさまようようになった美羽は、関東ナンバー１の暴走族phoenixの総長・翼に出会う。翼の態度に反発していた美羽だが、お互いに惹かれていき、ついに結ばれた。ところが、美羽の兄の事故に翼が関係していたことがわかり…。壮絶な愛と悲しい運命の物語。

ISBN978-4-8137-0320-4
定価：本体 590 円＋税

ピンクレーベル

『岡本くんの愛し方』宇佐南 美恋・著

親の海外転勤のため、同じ年の女の子が住む家に居候することになったすず。そこにいたのはなんと、学校でも人気の岡本くんで。優等生のはずの彼は、実はかなりのイジワルな性格で、能天気なすずはおこられっぱなし。けど、一緒に暮らしていくうちに、彼の優しい一面を発見して…。

ISBN978-4-8137-0304-4
定価：本体 560 円＋税

ピンクレーベル

『新装版　続・狼彼氏×天然彼女』ばにぃ・著

可愛いのに天然の実紅は、王子の仮面をかぶった狼系男子の舞と付き合うことに。夏休みや学園祭などラブラブな日々を過ごすが、ライバルが出現するなどお互いの気持ちがわからずすれ違ってしまうことも多くて…？　累計20万部突破の大人気シリーズ・新装版第２弾‼　この本限定の番外編も収録♪

ISBN978-4-8137-0312-9
定価：本体 620 円＋税

ピンクレーベル

『南くんの彼女（熱烈希望!!）』∞yumi＊・著

高２の佑麻は同じクラスの南くんのことが大好きで、毎日、佑麻なりに「好き」を伝えるけど、超クール男子の南くんはそっけない態度ばかり。でも、わかりにくいけど優しかったり、嫉妬してきたりするじれ甘な南くんに佑麻はドキドキさせられて⁉　野いちご大賞りぼん賞受賞の甘々ラブ♥

ISBN978-4-8137-0287-0
定価：本体 590 円＋税

ピンクレーベル

ケータイ小説文庫 好評の既刊

『叫びたいのは、大好きな君への想いだけ。』晴虹(はるな)・著

転校生の冬樹は、話すことができない優夜にひとめぼれする。彼女は、双子の妹・優花の自殺未遂をきっかけに、声が出なくなってしまっていた。冬樹はそんな優夜の声を取り戻そうとする。ある日、優花が転校してきて冬樹に近づいてきた。優夜はそれを見て、絶望して自ら命を断とうとするが…。
ISBN978-4-8137-0322-8
定価:本体580円+税

ブルーレーベル

『恋結び』ゆいっと・著

高1の美桜はある事情から、血の繋がらない兄弟と一緒に暮らしている。遊び人だけど情に厚い理人と、不器用ながらも優しい翔平。美桜は翔平に恋心を抱いているが、気持ちを押し殺していた。やがて、3人を守るために隠されていた哀しい真実が、彼らを引き裂いていく。切なすぎる片想いに涙!
ISBN978-4-8137-0323-5
定価:本体590円+税

ブルーレーベル

『さよなら、涙』稀音りく(きおん)・著

アキという名前の男の子に偶然、助けてもらった美春。だんだん彼に惹かれていくが、彼の過去の秘密が原因で、冷たくされてしまう。そんな中、美春の親友の初恋の人が、彼であることがわかる。アキを好きなのに、好きと言えない美春は…。切なすぎる「さよなら」の意味とは? 涙の感動作!
ISBN978-4-8137-0305-1
定価:本体590円+税

ブルーレーベル

『いつかすべてを忘れても、きみだけはずっと消えないで。』逢優(あゆ)・著

中3の心咲が違和感を感じ病院に行くと、診断結果は約1年後にはすべての記憶をなくしてしまう、原因不明の記憶障害だった。心咲は悲しみながらも大好きな彼氏の瑠希に打ち明けるが、支える覚悟がないとフラれてしまう。心咲は心を閉ざし、高校ではひとりで過ごすが、優しい春斗に出会って…?
ISBN978-4-8137-0306-8
定価:本体540円+税

ブルーレーベル

ケータイ小説文庫　2017年11月発売

『手をつないで帰ろうよ。』嶺央・著

4年前に引っ越した幼なじみの麻耶を密かに思い続けていた明菜。再会した彼は、目も合わせてくれないくらい冷たい男に変わってしまっていた。ショックをうけた明菜は、元の麻耶にもどすため、彼の家で同居することを決意！ときどき昔の優しい顔を見せる麻耶を変えてしまったのは一体…？

ISBN978-4-8137-0353-2
予価:本体 500 円＋税

ピンクレーベル

『地味子の"別れ"大作戦』花音莉亜・著

高2の陽菜子は地味子だけど、イケメンの俊久と付き合うことに。でも、じつは罰ゲームで、それを知った陽菜子は傷つくが、俊久と並ぶイケメンの拓真が「あいつ見返してみないか？」と陽菜子に提案。脱・地味子作戦が動き出す。くじけそうになるたびに励ましてくれる拓真に惹かれていくけど…？

ISBN978-4-8137-0354-9
予価:本体 500 円＋税

ピンクレーベル

『万華鏡〜片眼の恋〜（仮）』桃風紫苑・著

高2の鏡華は、クラスの女子から受けた嫌がらせが原因で階段から落ち、右目を失ってしまう。その時の記憶から逃れるために田舎へ引っ越すが、そこで明るく優しい同級生・深影と出会い心を通わせる。自分の世界を変えてくれた深影に惹かれていくけれど、彼もまた心に傷を負っていて…。

ISBN978-4-8137-0355-6
予価:本体 500 円＋税

ブルーレーベル

『また、キミに逢えたなら。』miNato・著

高1の夏休み、肺炎で入院した莉乃は、同い年の美少年・真白に出会う。重い病気を抱え、すべてをあきらめていた真白。しかし、莉乃に励まされ、徐々に「生きたい」と願いはじめる。そんな彼に恋した莉乃は、いつか真白の病気が治ったら想いを伝えようと心に決めるが、病状は悪化する一方で…。

ISBN978-4-8137-0356-3
予価:本体 500 円＋税

ブルーレーベル

書店店頭にご希望の本がない場合は、
書店にてご注文いただけます。